La Prisonnière de Barrad

suite du roman
La Requête de Barrad

Joël Champetier

Éditions Paulines

DU MÊME AUTEUR
DANS LA COLLECTION *JEUNESSE-POP*:

La Mer au fond du monde
La Requête de Barrad

Photocomposition et montage: *Éditions Paulines*

Illustration de la couverture: *Charles Vinh*

ISBN 2-89039-517-0

Dépôt légal — 4e trimestre 1991
Bibliothèque nationale du Québec
Bibliothèque nationale du Canada

3965, boul. Henri-Bourassa Est
Montréal, QC, H1H 1L1

À mon filleul, Vincent L'Heureux
et à Hans Christian Andersen,
pour m'avoir prêté son conte
"Hans le balourd"

1
Tours et fondations

Dans une sombre pièce des fondations du château de Contremont, le roi Japier reprit conscience. À son chevet veillaient Ferodelis, le lieutenant Carazo, ainsi que trois médecins. Tous regardaient leur roi, leur visage grave modelé par la lueur des lampes à huile.

Japier voulut demander «Que s'est-il passé?» mais déjà les souvenirs affluaient à son esprit. Ferodelis, le chef des armées de Contremont, avait voulu débarrasser le royaume du géant Barrad, un des derniers représentants de l'antique race des aggs. Or la campagne militaire avait été un échec. Ferodelis et ses soldats n'avaient réussi qu'à blesser Barrad et à le rendre furieux. Pour se venger, Barrad avait pris d'assaut Contremont et avait séquestré Japier dans une tour de son propre château. Les exigences de Barrad pour le libérer étaient inouïes: il voulait dévorer un sylvaneau, membre d'une race ancienne que l'on croyait disparue. En échange, il aurait libéré le roi et aurait disparu à jamais de Contremont.

— Toujours pas de nouvelles de Sirokin? demanda Japier d'une voix faible.

Sirokin était le conseiller du roi Japier. Pour satisfaire à la requête de Barrad, Sirokin s'était mis en route vers les marais Marivoles, au nord des monts Fructice, en compagnie du page Nestorien et de trois soldats. Dans ces marais, disait-on, naissaient encore des sylvaneaux.

— Majesté, vous êtes à peine resté inconscient une heure, répondit Ferodelis.

Japier essaya de se redresser.

— Doucement, votre Majesté, murmura un des médecins.

Japier réussit à s'asseoir. Il tenta un faible sourire.

— J'ai l'impression d'avoir été roué de coups.

— Pas étonnant, maugréa Ferodelis. Défoncer un vitrail de la grande tour n'est pas un sport de roi. Encore heureux que vous ne vous soyez pas rompu le cou. Et pour rien, puisque c'est maintenant la princesse Melsi qui sert d'otage.

Le sourire de Japier disparut.

— Melsi...

— Elle est vivante, se dépêcha d'affirmer Ferodelis. Nous l'entendons pleurer. Mais ne vous inquiétez pas, Majesté. L'ogre en prendra soin comme il a prit soin de vous-même. Il sait que tant que la princesse sera son otage, nous ne pourrons rien tenter pour...

— Oui, oui! Je comprends bien, je comprends trop bien même, interrompit Japier, fixant la lueur d'une des lampes, puis poursuivant sur un ton glacial: Ce que je ne comprends pas, c'est comment Barrad a réussi à la capturer. Je croyais Melsi en sûreté dans les vieilles fondations.

Ferodelis baissa la tête.

— La princesse nous a dupés de belle manière. Elle a réussi à se cacher dans le cercueil des Passeurs. Ce sont eux qui l'ont transportée, à leur insu, dans le refuge même de Barrad. Majesté, j'implore votre clémence: qui aurait pu imaginer que la princesse oserait se cacher aux côtés d'un cadavre?

Japier hocha la tête, incrédule.

— La petite renarde! Elle ressemble de plus en plus à sa mère.

Malgré ses membres douloureux, Japier se mit debout.

— Ceci étant dit, il est intolérable qu'une enfant serve d'otage. Je vais de ce pas me rendre à Barrad, afin qu'il la libère...

— Majesté! explosa Ferodelis. Je vous interdis de commettre une telle folie!

— Tu me *l'interdis*? fit Japier d'un ton sec.

— Je... Je veux dire: ce projet m'apparaît dangereux. Qui pourra empêcher Barrad de vous recapturer si jamais vous quittiez les fondations? Sans libérer Melsi, s'entend. Il faudrait que Barrad libère Melsi *avant* que vous ne vous livriez à lui. Mais jamais il n'acceptera un pareil arrangement, il risquerait de perdre ses deux otages.

Le lieutenant Carazo s'avança.

— Majesté, le chef Ferodelis a raison. Ce projet est trop risqué.

— Et si je lui donnais ma parole? demanda Japier, en posant son poing fermé sur sa poitrine.

Ferodelis lança un regard à Carazo, puis fixa Japier dans le fond des yeux.

— Je constate que vous êtes sérieux, Majesté. Puisque c'est comme ça, je transmettrai votre proposition à Barrad.

— Non. Je veux lui parler en personne. Je resterai dans la cour extérieure. L'entrée du château est toute proche. Si jamais il se faisait menaçant, j'aurai vite fait de regagner la sécurité des fondations.

Ferodelis soupira:

— Vous êtes le roi. Je suis à vos ordres.

— Alors, allons-y!

Japier quitta en boitant la sombre chambre. Ferodelis et Carazo le suivirent, leurs bottes à talon de métal claquant sur le sol de pierre des corridors.

* * *

Tout en haut de la tour royale, Barrad avait enfermé Melsi dans la chambre de Japier. Depuis maintenant deux heures qu'elle était prisonnière, elle n'avait pas cessé de pleurer. Les oreilles de Barrad commençaient à lui chauffer. Il fit trembler d'un coup de poing l'épais mur de pierre.

— C'est bientôt fini là-dedans?

Pendant une seconde, Melsi se tut, surprise. Puis elle se mit à pleurer de plus belle:

— Je veux revoir papaaa!

Barrad se boucha les oreilles à deux mains.

— Par le bracquemar de mes aïeux! J'aurais préféré garder le père. Au moins, il ne passait pas la journée à brailler!

Il ouvrit brutalement la porte de la chambre. Assise sur le lit, Melsi hoqueta de surprise. Elle renifla, son petit visage mouillé de larmes, serrant contre sa poitrine ses deux furets. Elle avait l'air si misérable, perdue au milieu de ce grand lit, que Barrad prit un ton un peu moins sévère qu'il n'en avait eu l'intention.

— Cesse de pleurer. Tu m'énerves.

Melsi s'essuya la joue.

— Noble... Noble géant, laissez-moi partir, je vous en supplie.

— Ne gaspille pas ta salive à me supplier. Ton père s'est enfui, c'est toi mon otage maintenant. Rentre bien ça dans ta petite tête.

Melsi se remit à pleurer. Les deux furets Paillette et Charbon fixèrent Barrad, une lueur de haine au fond de leur petit regard noir.

— J'ai dit que j'en avais assez de ce braillage.

— Je ne peux pas m'en empêcher, hoqueta Melsi.

Barrad pointa un doigt menaçant sur Paillette et Charbon.

— Si tu ne te tais pas maintenant, je dévore un de tes furets!

La bouche de Melsi se ferma d'un coup. Silencieuse, elle serra plus fort les furets, ses yeux bleus luisants de colère. Barrad hocha sa grosse tête échevelée, approbateur.

— C'est mieux comme ça.

Du dehors, une voix familière appela Barrad.

— Papa! s'exclama Melsi. C'est papa!

— Toi, tu restes là et tu ne dis pas un mot.

Barrad ferma la porte de la chambre.

— Barrad! Présentez-vous! Je veux vous parler.

Barrad alla se pencher par une des fenêtres. Juste au bas de la tour, entouré de ses soldats, Japier levait vers Barrad un visage qu'il voulait sévère.

Le géant sourit, moqueur.

— Mais c'est ce bon vieux Japier. Vous êtes donc remis de vos émotions?

Japier ignora l'ironie.

— Barrad! Nous avons à discuter.

— Tu as déjà trouvé un sylvaneau?

Une fraction de seconde, Japier fut pris au dépourvu.

— Non. Nous sommes toujours sans nouvelles de Sirokin et de...

— Si tu n'as pas de sylvaneau, je ne vois vraiment pas à quoi rime cette discussion.

— Laisse-moi parler et tu comprendras peut-être, rétorqua sèchement Japier.

Avec un soupir, Barrad leva les yeux au ciel.

— Bon, bon... Parle donc... C'est la seule chose à laquelle vous soyez vraiment habile, vous les humains: parler.

— Tout ce que je veux, c'est que tu libères Melsi et que tu me reprennes comme otage.

Le sourire de Barrad fit place à une expression songeuse.

— C'est une offre qui te fait honneur, Japier. Mais je ne vois pas comment, en pratique, une telle substitution pourrait se faire sans qu'une des deux parties se fasse rouler.

— Libère d'abord Melsi. Je te prête serment de me livrer ensuite comme otage.

— Tu prêtes serment? À moi? Je suis flatté.

Ferodelis, qui jusque là était resté immobile à la droite du roi, leva un poing rageur vers la tour.

— Infâme serpent! Comment oses-tu te moquer de la parole du roi?

Barrad fit la moue, pas du tout impressionné.

— Allons, allons... Ne t'énerve pas comme ça, Ferodelis, tu es mauvais comédien. La vérité est que je n'ai aucune envie de faire cet échange, Japier. Je te préfère libre et inquiet pour ta fille.

— Tu es cruel, dit Japier entre ses dents.

— Mais non, mais non... Pas cruel: borné. En ton absence, Japier, j'avais l'impression que tes soldats ne mettaient pas assez d'ardeur pour la découverte d'un sylvaneau. Maintenant que tu es libre de tes ordres et moyens, peut-être que la recherche ira plus vite.

Japier ne répondit pas. Un des soldats s'approcha de Japier et de Ferodelis. Les trois hommes discutèrent. Les épaules du roi s'affaissèrent: il avait l'air épuisé. Après un lourd regard vers Barrad, Japier retourna dans la sécurité des vieilles fondations. Il ne resta plus dans la cour intérieure que les soldats et quelques serviteurs, qui tous regardaient Barrad avec un mélange de crainte et de haine.

D'un geste brusque, Barrad fit mine de leur jeter quelque chose. Les soldats sursautèrent, plusieurs posèrent la main sur la garde de leur épée. Avec un rire sans joie, le géant leur fit la grimace et disparut de la fenêtre.

2

La sylvanelle

La nuit tombait sur les marais Marivoles. À l'ouest, la brume du marais voilait un ciel strié de mauve et de rouge sang. Grises le jour, les branches tordues des saules étaient maintenant noires, comme des ratures d'encre tracées sur la voûte céleste.

À travers la brume, trois silhouettes apparurent: Sirokin, conseiller du roi Japier, Nestorien, son page, et le capitaine Matolch. Nestorien et Sirokin soutenaient Matolch, blessé à la jambe par la morsure d'une monstrueuse créature aquatique. Les trois hommes s'arrêtèrent à quelques pas d'un saule. Nestorien pointa du doigt quelque chose. À travers les racines du saule, à moitié baigné par l'eau croupie du marécage, on apercevait un étrange cocon lumineux.

Matolch siffla, étonné. Avec douceur, Nestorien et Sirokin aidèrent le vieil officier blessé à s'asseoir. Sirokin s'approcha ensuite du cocon. Avec des gestes tremblants, il repoussa les herbes mortes et les branches pourries. Immobile, il admira longtemps la créature qui dormait sous la peau translucide du cocon. Elle était nue, mince et frêle comme une jeune fille. Mais sa peau blanche, ses cheveux de neige et sa troublante beauté ne laissaient pas de doute: cette créature n'était pas humaine. Avec hésitation, Sirokin toucha le cocon. Bien que la lueur qui en émanait avait la froideur de la glace, le cocon était doux et tiède comme une peau.

— C'est une sylvanelle? murmura Nestorien.

Sirokin recula et s'assit sur le sol, approuvant lentement de la tête, sans dire un mot.

— Qu'est-ce qu'on fait, maintenant? demanda Matolch.

Le visage glabre de Sirokin s'allongea: il avait l'air complètement dépassé par les événements.

— Mon cher Matolch, je n'en suis pas trop sûr moi-même. Je n'ai que de vieilles légendes pour guider ma conduite.

— Et que disent ces vieilles légendes?

Sirokin réfléchit de longues minutes. Il faisait de plus en plus sombre et le cocon de la sylvanelle brillait d'un éclat renouvelé. Le visage des trois hommes était blafard sous cet éclairage bleuté.

— Peut-être devrions-nous d'abord dormir? suggéra Nestorien qui croulait de fatigue.

Sans répondre, Sirokin extirpa un court poignard de son sac à dos. S'approchant du cocon lumineux, il demanda à Nestorien de venir l'aider.

— Maître, qu'allez-vous faire?

Sirokin se pencha contre le cocon. De la pointe du poignard, il le perça. Statufiés, Nestorien et Matolch aperçurent une goutte translucide perler le long du fil de la lame. D'un seul geste,

Sirokin fendit le cocon sur toute sa longueur. Un flot de liquide sirupeux et luminescent coula dans l'herbe et dans l'eau du marais. Laissant tomber le poignard, Sirokin plongea les deux mains dans l'épais fluide lumineux, attrapa la silhouette inerte et la sortit du cocon. Il fit signe à Nestorien de l'aider. Le jeune homme s'approcha en hésitant. Il souleva les jambes blanches de la sylvanelle, sur lesquelles ses mains glissaient. La créature était légère et chaude comme une enfant enfiévrée.

Sirokin et Nestorien montèrent sur le sable sec. Matolch se remit péniblement debout et les suivit, s'efforçant d'ignorer la blessure à sa jambe.

D'une démarche chancelante — et ce n'était pas à cause du poids —, Nestorien aida son maître à transporter la sylvanelle sous les saules. Ils la déposèrent délicatement sur l'herbe. Sirokin trouva dans le fond de son sac une couverture un peu moins mouillée que les autres et couvrit la créature. Ce simple geste brisa l'envoûtement qui avait possédé Nestorien depuis la découverte du cocon. Jusque là, la situation avait été trop irréelle pour laisser prise aux émotions normales, mais à ce moment Nestorien rougit jusqu'à la pointe des oreilles à l'idée d'avoir transporté une jeune fille nue... Il se reprit: pas une jeune fille, une sylvanelle.

Il n'avait pas imaginé que les sylvaneaux ressembleraient tant aux humains...

— Il faut faire un feu, murmura Sirokin. La nuit tombe.

Ce fut difficile: les branches mortes n'étaient pas assez sèches et le feu qu'ils tentaient d'allumer dégageait plus de fumée que de flamme. Quand ils obtinrent enfin un bon feu, il faisait tout à fait nuit. Les trois hommes se séchèrent tant bien que mal. Ils firent bouillir de l'eau et Sirokin nettoya consciencieusement les blessures de Matolch. Ils mangèrent ensuite. Pendant toutes ces activités, les trois hommes ne pouvaient détacher leur regard de la sylvanelle, de son mince visage blanc auréolé d'une couronne de cheveux emmêlés et encore humides.

— Vous êtes sûr qu'elle n'est pas morte? demanda Matolch.

— Sa peau est tiède, dit Sirokin. Et je sens un pouls à la gorge.

— Est-ce qu'elle va rester comme ça longtemps? s'inquiéta Nestorien. Va-t-il falloir la transporter jusqu'à Contremont?

— S'il le faut, c'est ce que nous ferons. Elle n'est pas bien lourde.

Nestorien sursauta comme s'il avait reçu un tison sur la joue.

— Elle a bougé!

— Mais non, grommela Matolch. Ce sont les flammes qui...

Sirokin le fit taire d'un geste. Nestorien avait raison: la sylvanelle bougeait la tête. Elle gémit, un souffle presque inaudible. Elle bailla, s'étira comme un chat. Puis elle ouvrit les yeux...

Matolch jura entre ses dents.

Les yeux de la sylvanelle étaient verts, ou du moins le paraissaient-ils sous la lumière jaune du feu, d'un vert si pâle qu'il en était presque blanc. Elle regarda tour à tour les trois hommes. Sans peur, sans colère, sans crainte, sans curiosité. Elle les regardait, tout simplement.

— Qu'est-ce qu'on fait, maintenant? murmura Nestorien.

Avec douceur, Sirokin tendit une main vers la sylvanelle.

— N'aie pas peur. Nous ne te voulons pas de mal.

La sylvanelle regarda distraitement la main de Sirokin, comme s'il s'agissait d'un objet sans grand intérêt.

— Comprends-tu mes paroles?

La sylvanelle n'était pas sourde, puisqu'elle leva ses yeux pâles vers Sirokin. Mais elle ne dit mot. Pas un muscle ne bougea sur son visage d'une irréelle perfection.

— Elle vient juste de... de naître, conclut Sirokin. Je suppose qu'il va falloir lui apprendre à parler. Peut-être même lui apprendre à marcher.

Ni Matolch ni Nestorien ne répondirent. Matolch se laissa tomber lourdement près du feu et s'endormit aussitôt, épuisé. Sirokin et Nestorien se partagèrent le tour de garde. Même si la sylvanelle ne semblait pas capable de s'enfuir, il n'était pas question de la quitter des yeux. Et puis, peut-être que l'horrible créature aquatique qui les avait attaqués pouvait marcher sur la terre ferme.

Avec la lourdeur d'un mauvais rêve, la nuit passa.

* * *

Au matin, la sylvanelle n'avait pas bougé d'un cheveu. Elle était pourtant éveillée, mais c'est avec une indifférence suprême qu'elle regardait les préparatifs des trois hommes. Sirokin lui posa quelques questions d'une voix douce, Nestorien lui offrit du thé et un biscuit sec. Elle ne réagissait à aucun stimulus.

Sirokin haussa les épaules et s'occupa plutôt de la jambe de Matolch. Le spectacle soulevait le cœur, mais les blessures ne semblaient pas trop infectées. Aidé par Nestorien, Sirokin nettoya de nouveau les plaies et les pansa du mieux qu'il pût. Serrant les dents, le vieil officier les rassura sur son état :

— Je vais pouvoir marcher. Mais ne comptez pas sur moi pour transporter la sylvanelle.

Sirokin éclata d'un rire incertain.

— Tout ce que je vous demande, c'est de réussir à regagner votre cheval, à Louchet.

Sirokin et Nestorien s'affairèrent ensuite à la tâche insolite d'habiller la sylvanelle. Personne n'avait prévu cette éventualité, aussi durent-ils la vêtir d'une chemise et d'un pantalon de Nestorien. La sylvanelle se laissa faire mollement. Une fois vêtue, elle essaya sans conviction de se défaire de ses vêtements, mais elle ne semblait pas comprendre le principe des boutons et des lacets et abandonna rapidement. Les vêtements de Nestorien étaient trop grands, bien entendu. Sirokin roula les manches de chemise et de pantalon. À l'aide d'un peigne, il démêla ensuite les longs cheveux blancs. Les trois hommes contemplèrent le résultat. D'une petite sauvageonne, ils avaient réussi à la transformer en une jeune fille — une jeune fille étrange et vêtue à la diable, mais une jeune fille quand même.

— Notre guide Fafaro pourra sans doute lui prêter des vêtements plus appropriés, conclut Sirokin. Il faudra également lui trouver un chapeau, et du maquillage. Sinon: impossible de passer inaperçu. Enfin! Nous verrons ça plus tard. Pour l'instant je propose de rebrousser chemin sans plus tarder. J'ai eu mon content des marais Marivoles.

— Et moi donc! renchérit Matolch.

Matolch était blessé et Sirokin trop vieux, aussi c'est à Nestorien qu'incomba la tâche de porter la sylvanelle. Il la transporta comme on transporte un blessé: en travers de ses épaules, un bras et une jambe ramenés autour de son cou. Heureusement, elle ne pesait pas beaucoup plus lourd que Melsi. Et contrairement à la princesse, elle ne bougeait ni ne donnait des coups de pieds.

Ils se mirent en route. Le retour fut encore plus difficile que l'aller. Matolch et Nestorien devaient souvent s'arrêter pour se reposer. Depuis l'attaque du monstre aquatique, il n'était évidemment plus question de descendre dans l'eau. Pour rester sur le terrain sec, il leur fallut faire mille détours, rebrousser chemin cent fois. Heureusement qu'un soleil blafard les guidait à travers la brume, sinon ils se seraient complètement perdus.

Vers le milieu de la journée, ils s'arrêtèrent pour manger un morceau. Avec un gémissement de soulagement, Nestorien fit glisser la sylvanelle sur le sol couvert d'herbe grisâtre. Les trois hommes constatèrent, avec une certaine surprise, que la sylvanelle réussissait maintenant à s'asseoir. Il lui offrirent à nouveau du thé et des biscuits. Elle refusa le thé mais accepta dédaigneusement un biscuit, à croire qu'elle leur faisait une faveur. Elle accepta également une mince tranche de saucisson, qu'elle mâcha avec conviction, en crachant les grains de poivre.

— On dirait une demeurée, dit Matolch.

La sylvanelle se laissa faire pendant que Sirokin lui essuyait le menton.

— Je la comparerais plutôt à un bébé. Elle n'est même pas âgée d'une journée, ne l'oublions pas.

La sylvanelle tendit la main et tenta faiblement d'arracher le saucisson des mains de Sirokin.

— Voyez-vous ça? Elle en veut encore!

La sylvanelle agrippa doucement la manche de Sirokin pendant qu'il lui coupait une autre tranche de saucisson. C'était la première fois qu'ils la voyaient réagir à quelque chose. Sirokin lui sourit.

— Attends un peu. Je vais t'enlever les grains de poivre, si tu n'aimes pas ça.

Elle attrapa la tranche de saucisson que lui tendait Sirokin et se la fourra dans la bouche, indifférente au regard mi-amusé mi-intrigué que lui portaient les trois hommes.

— Tu as l'air d'avoir retrouvé ton appétit, dit Sirokin. En veux-tu encore?

— Oui, répondit la sylvanelle.

Nestorien faillit tomber assis dans les braises du feu, Matolch s'étouffa avec son thé, Sirokin en échappa couteau et saucisson.

— Tu comprends nos paroles? s'exclama Nestorien quand il eut repris contenance.

La sylvanelle tourna placidement le regard vers le jeune homme.

— Oui.

Sa voix était claire comme le tintement d'une coupe de cristal, pure comme la blancheur de sa peau. Les trois hommes restèrent muets un long moment. C'est elle qui rompit le charme en tendant la main vers le saucisson.

— Encore.

Sirokin s'empressa d'accéder à son désir.

— Pourquoi ne nous as-tu pas dit que tu savais parler?

Le regard perdu sur l'horizon brumeux du marais, la sylvanelle prit le temps de manger, puis elle tourna son mince visage inexpressif vers Sirokin.

— Je n'avais pas encore réalisé que j'étais née.

Aucun des hommes ne trouva à répondre à ça. Ils lui offrirent encore à manger mais elle accepta seulement un peu d'eau. Elle retomba dans son mutisme pendant que Nestorien, Sirokin et Matolch mangeaient. Une fois qu'ils eurent terminé, ils ramassèrent leurs affaires et se préparèrent à se remettre en route. Nestorien se pencha vers la sylvanelle pour la remettre sur son dos, mais Sirokin lui fit signe d'attendre.

— Si elle sait parler, peut-être sait-elle marcher également.

Nestorien eut l'impression que, pendant une fugitive fraction de seconde, les minces sourcils de la sylvanelle s'étaient plissés de perplexité.

— Oui. Je sais marcher.

Avec des gestes maladroits, elle essaya de se lever. Elle trébucha et se serait écrasée à plat ventre si Nestorien ne l'avait pas attrapée à temps.

— Attention! Tu es sûre d'être capable de te tenir debout?

La sylvanelle ne répondit pas. Maintenant qu'elle était soutenue par Nestorien, elle s'enhardit à faire quelques pas.

— Fais-la marcher un peu, suggéra Sirokin.

— Elle avance comme une ivrogne, commenta Matolch en se retenant de rire.

De fait, le spectacle était plutôt comique. Soutenue par un Nestorien médusé, la sylvanelle avançait lentement, marchant sur ses propres orteils, trébuchant à la moindre inégalité du sol. Cependant, elle prit rapidement de l'assurance et cessa de trébucher. Nestorien la laissa aller. Elle continua d'avancer, d'abord un peu chancelante puis, faisant des progrès à une vitesse déconcertante, elle se déplaça avec autant d'agilité que le lui permettaient ses pieds nus.

— J'ai l'impression que nous venons de soulager Nestorien d'un lourd fardeau, constata Sirokin.

— Peut-être. Mais maintenant, il faudra veiller à ce qu'elle ne se sauve pas, fit observer Matolch.

— Judicieux avertissement! La sylvanelle marchera entre nous. Si jamais elle tente de s'enfuir, nous serons contraints de l'attacher.

Ils se mirent en route. La sylvanelle suivit sans se faire prier. Au premier affaissement de terrain, elle tomba de tout son long. Mais avant même que Nestorien l'ait rejointe pour lui offrir sa main, elle s'était déjà relevée. Elle observa ensuite plus attentivement le sol avant d'y poser le pied. Bientôt, elle cessa de ralentir leur progression et ce fut plutôt Matolch, avec sa jambe blessée, qui ralentit ses trois compagnons.

La marche de l'après-midi fut aussi frustrante que celle du matin. À chaque cul-de-sac, Matolch éclatait d'un juron rageur et Nestorien blêmissait de frustration. À un moment donné, ils aperçurent un énorme dos reptilien qui glissait à la surface du marais. Aussi exaspérantes que lui paraissaient leurs allées et venues, jamais Nestorien n'aurait osé affronter l'eau marécageuse; et ce n'était sûrement pas Sirokin ou Matolch qui lui en auraient fait le reproche. Ils rebroussaient donc chemin et tentaient leur chance par un autre sentier, toujours guidés par le soleil qui descendait de plus en plus à l'ouest. La sylvanelle suivait toujours, sans discuter. Elle marchait maintenant avec sûreté. En fait, sa démarche était devenue si légère et si gracieuse que Nestorien avait l'impression qu'elle ne faisait qu'effleurer le sol de ses minuscules pieds blancs.

Les trois hommes se demandaient sérieusement s'ils réussiraient à sortir dumarécage avant la nuit, quand ils tombèrent sur un sentier de sable sec qui ressemblait beaucoup à celui qu'ils avaient suivi à l'aller. Nestorien poussa un cri de joie et s'élança sur le sentier. Même le visage grisâtre de Matolch s'éclaira d'un sourire de soulagement. Devant eux, le feuillage d'un grand saule apparut, flottant comme un îlot vert dans le gris violacé de la brume du soir. D'autres arbres apparurent. Bientôt Nestorien et ses trois compagnons contournèrent les premiers troncs de la forêt des Sylvaneaux. Ils avaient enfin quitté les marais Marivoles!

Nestorien ne tenait plus en place. Il avait hâte de retrouver Fafaro et de lui démontrer qu'elle avait eu tort de se montrer aussi pessimiste, qu'ils avaient réussi à trouver une sylvanelle. Déjà ils approchaient de l'éclaircie où ils avaient laissé leur campement et Nestorien appela la jeune guide musaphe.

— Fafaro! Nous sommes là! Nous sommes de retour!

Pas de réponse. Une fine aiguille d'angoisse s'inséra dans le cœur de Nestorien: quelque chose n'allait pas. Malgré la nuit qui approchait, il faisait encore assez clair pour reconnaître les lieux. L'éclaircie où le campement avait été installé se trouvait droit devant; Nestorien s'étonnait de ne pas y distinguer la lueur d'un feu.

La main de Sirokin se posa sur l'avant-bras du garçon.

— Soyons prudent. Il y a quelque chose qui ne tourne pas rond.

Ils atteignirent l'éclaircie. Nestorien retint à peine un cri de consternation. Non seulement Fafaro n'était pas là, mais le feu avait été piétiné et tous leurs bagages avaient disparu. L'espace d'une seconde, Nestorien eut le cœur broyé par un horrible sentiment de trahison. Ainsi donc Fafaro n'était qu'une voleuse qui avait profité de la première occasion pour s'enfuir avec leurs possessions. Mais non, c'était absurde : Sirokin devait remettre à la jeune guide cinq autres pièces d'or à leur retour à Louchet, ce qui valait bien plus que leur maigre équipement de route.

— Regardez ! lança Matolch, faisant sursauter Nestorien. Il pointait du doigt un buisson aux branches cassées. Tout d'abord Nestorien ne comprit pas où le vétéran voulait en venir, puis il aperçut lui aussi les pieds qui dépassaient du buisson. Le sentiment de trahison fit place à une terrible crainte : *Fafaro !*

Ce n'était pas Fafaro. C'était le cadavre d'un homme assez grand. Malgré la pénombre, on devinait sur son visage farouche le teint cuivré des Musaphes. Une blessure béante lui zébrait le cou et ses haillons crasseux étaient gluants de sang.

— Que se passe-t-il? gémit Nestorien. Où est Fafaro? Qui est cet homme?

— Regardez toutes ces branches cassées, interrompit Sirokin d'une voix rauque. On s'est battu, ici, et il n'y a pas longtemps: le sang est à peine coagulé.

— Ils étaient plusieurs, renchérit Matolch. Les autres ont volé nos bagages.

— Et Fafaro? insista Nestorien.

Ils cherchèrent autour, derrière les arbres, dans les buissons, serrant les dents à la perspective de tomber sur le cadavre de la jeune guide musaphe. La sylvanelle les regardait faire, debout à côté du cadavre de l'homme, indifférente. La nuit était maintenant tout à fait tombée mais, dans le ciel dégagé, le croissant de la lune éclairait tout d'un poudroiement argenté. Les trois hommes se rejoignirent auprès du foyer piétiné. Des trois, Matolch était celui qui gardait le plus la tête froide. C'était un vétéran et il en avait vu d'autres.

— Ils ne peuvent pas être loin. S'ils se sont enfoncés dans les bois, tout est perdu. Mais s'ils ont pris le sentier, nous pouvons les rattraper... (Un sourire fatigué tordit ses traits.) Je veux dire, *vous* pouvez les rattraper. Il n'est pas question que je coure. Tout ce que je peux faire, c'est garder la sylvanelle.

Sirokin approuva les suggestions de Matolch.

— Maintenant, combien d'armes avons-nous?

Par réflexe, Matolch porta la main à son fourreau vide.

— Cornediou, j'oubliais! J'ai perdu mon épée dans le marécage. Mes autres armes viennent de se faire voler. Il ne me reste que ceci.

Dans la main de Matolch, la mince lame d'un stylet refléta la lumière de la lune.

— Je n'ai rien, dit piteusement Nestorien.

— Ce qui nous fait deux armes de poing, conclut Sirokin en exhibant son court poignard. Un peu maigre comme arsenal. Quelle malchance que nous nous soyons tout fait voler; j'avais dans mes bagages de quoi en surprendre plus d'un... Enfin! Les gémissements viendront plus tard. Pour l'instant il faut faire vite.

Nestorien accepta le stylet que lui tendait Matolch. La lame était mince et dangereusement effilée. Pendant une fraction de seconde, le regard du jeune homme croisa celui de la sylvanelle, puis il s'élança à la suite de Sirokin.

3

Les hommes sans âme

En silence, Nestorien suivait la silhouette courbée de Sirokin. Combien de temps dura la poursuite des mystérieux ravisseurs de Fafaro? Nestorien eut l'impression de courir pendant des heures et des heures, comme s'il avait tourné en rond dans l'irréelle forêt baignée de lumière de lune. Ce n'est que par la suite, en recoupant les événements, qu'il comprit que cela n'avait pas duré plus d'une demi-heure.

Sirokin poussa une exclamation et ralentit brusquement. Nestorien faillit lui rentrer dedans. Il demanda à voix basse ce qui se passait. Sans répondre, Sirokin se pencha sur deux sacs abandonnés au bord du sentier.

— Nos bagages, murmura Nestorien.

— Pas tout. Seulement une partie...

Sirokin fouilla dans les deux sacs, puis jeta fébrilement leur contenu sur le sol.

— Maître, que cherchez-vous?

Sirokin agrippa avec rapacité un petit paquet enveloppé de toile cirée. Il souleva le paquet sous le nez de Nestorien, le regard brillant, un sourire presque inquiétant dévoilant ses dents.

—Je cherche ça! Tu vois ce qu'ils ont jeté, cette bande d'idiots?

— Qu'est-ce que c'est?

— Je t'expliquerai! Maintenant dépêchons, dépêchons, si nous voulons partager la surprise avec les ravisseurs de Fafaro!

Sans même reprendre leur souffle, Sirokin et Nestorien s'élancèrent à nouveau le long du sentier. Ils n'avaient pas couru plus d'une lieue quand Nestorien crut entendre un cri aigu. Il agrippa l'épaule de Sirokin. Les deux hommes s'immobilisèrent, l'oreille aux aguets. La tête légère, Nestorien aspirait à pleins poumons la riche odeur de la forêt, mélange de champignons et de feuilles mortes.

—Je n'entends rien, chuchota Sirokin.

—Je vous assure que...

Un cri de douleur — ou de rage — se fit entendre au loin, poussé par une gorge d'homme. Des cris et des imprécations suivirent. Une voix plus claire monta du fond de la forêt, une voix de jeune fille.

En faisant maintenant attention d'avancer sans bruit, Sirokin et Nestorien coururent le long du sentier. Devant eux, la masse sombre d'un rocher occultait les étoiles. Une lueur jaune et fluctuante auréolait le pourtour du rocher et éclairait la cime des arbres. Les cris et les imprécations, qui avaient cessé, reprirent de plus belle. La voix des hommes leur était inconnue, mais ils avaient reconnu la voix féminine depuis un moment déjà.

Sirokin, collé contre la paroi rocheuse comme

s'il tentait de s'y fondre, souleva la tête avec précaution vers la source de lumière. Le cœur battant, Nestorien fit de même.

Au centre d'un espace libre entre les rochers, un feu crépitait. Accroupis à côté du feu, deux hommes vêtus de haillons fouillaient les bagages volés à la compagnie de Sirokin. Ils vidaient sans ménagement les sacs sur le sol de pierre, triaient hâtivement leur contenu, séparaient les vêtements, les armes, les provisions. Ils ne semblaient pas porter la moindre attention à l'échaufourrée qui opposait Fafaro à trois autres adversaires.

Sans réfléchir, Nestorien serra son stylet et se prépara à sauter à la défense de Fafaro, mais une poigne nerveuse le retint en place.

— Tu vas te faire tuer! lui souffla Sirokin au creux de l'oreille.

Étourdi par la frustration et la colère, Nestorien fut obligé d'admettre que son maître avait raison: les cinq hommes étaient tous armés d'épées. D'ailleurs, Nestorien constata avec un certain soulagement que les adversaires de Fafaro n'étaient pas en train de l'étrangler ou de la violer — ce qu'il avait cru tout d'abord — mais essayait plutôt de l'attacher au tronc d'un arbre. Et si la lutte était aussi brutale, c'était parce que Fafaro ne se laissait pas faire. À contre-jour du feu, les quatre silhouettes dansaient une étrange et imprévisible chorégraphie. Les trois hommes réussirent finalement à adosser Fafaro à l'arbre et à lui attacher les mains derrière le tronc. Ils voulurent en faire autant avec ses jambes, mais elle réussit à se libérer un pied et l'envoya en pleine figure d'un des attaquants, un gaillard grand et chauve.

Il recula en crachant le sang. Quand il eut repris ses esprits, son visage bestial se fixa sur Fafaro.

— Ça, tu vas le regretter!

Il s'avança vers Fafaro, le poing levé.

— On ne frappe pas.

L'ordre était venu d'un des deux hommes qui triaient les bagages, ordre lancé sur un ton qui ne souffrait aucune désobéissance. L'homme chauve s'immobilisa, tendant un poing frémissant sous le nez de Fafaro.

— Elle a égorgé frère Lorio!

— Et elle a failli m'arracher un œil! glapit un jeune homme maigrelet à la joue labourée de traces d'ongle. C'est une vraie furie!

L'homme qui avait ordonné de ne pas frapper abandonna dédaigneusement les bagages et se mit debout, les bras levés en un geste de conciliation. Il sourit, presque avec tendresse.

— Frère Roussel, frère Potropio, allons... Est-ce là le langage d'hommes de bien?

Les tisons rougeoyants illuminaient de côté le visage de l'homme, révélant des cheveux roux et des yeux clairs. Bien qu'il fut aussi sale et dépenaillé que ses compagnons, l'homme dégageait une aura d'autorité et de force tranquille. Les trois hommes qui attachaient Fafaro reculèrent avec déférence.

— Frère Lorio est mort en sainteté, continua l'homme aux cheveux roux. Il s'approcha de Fafaro et de ses trois adversaires, son sourire disparaissant dans l'ombre: Nous ne devons pas chercher vengeance, car en réalité l'homme saint n'a pas de temps à consacrer à la vengeance. Tout son cœur, toutes ses pensées sont consacrés à l'œuvre du bien.

Sa voix était chaude et paternelle, elle rappelait à Nestorien le ton que prenait son père quand il expliquait qu'il fallait aimer ses frères et sœurs, qu'il fallait aider les pauvres et les orphelins qui n'avaient pas eu autant de chance que ses enfants. Nestorien frissonna.

— Êtes-vous des hommes de bien? demanda l'homme aux cheveux roux.

— Nous sommes des hommes de bien, répondirent en choeur les quatre hommes.

— Êtes-vous des hommes saints?

— Nous ne sommes pas des saints, répondirent-ils. Nous marchons vers la sainteté.

— Quelle voie emprunte l'homme de bien en route vers la sainteté?

— Il abandonne l'âme de sa famille, et se trouve libéré de ses semblables. Il abandonne l'âme secrète, et se trouve libéré de lui-même. Libéré de sa famille et de lui-même, l'homme de bien est libre de faire le bien.

— Qu'est-ce que le bien?

— Libérer les autres âmes.

Glacé d'horreur, Nestorien ne parvenait pas à se détourner du spectacle qui s'offrait à ses yeux. Il se rappela l'avertissement de Grilia, le Forestier: «Fais attention aux hommes sans âme».

Incapable de se retenir plus longtemps, Fafaro se mit à pleurer.

— Laissez-moi partir. Je ferai tout ce que vous voudrez.

Les sanglots de Fafaro brisèrent l'état de transe qui engourdissait Nestorien. À côté de lui, Sirokin s'agita également, comme si lui aussi avait été hypnotisé par la litanie des hommes sans âme. Il se pencha contre l'oreille de Nestorien.

— Crois-tu être capable d'atteindre le feu avec ça?

Sous la faible lumière de la lune, Nestorien n'était pas sûr de reconnaître ce que Sirokin tenait en main. C'était le petit paquet de toile cirée que les hommes sans âme avaient abandonné le long du sentier. Sirokin avait défait la toile cirée, qui contenait quatre courts bâtons. Dans l'air immobile et froid de la nuit, une étrange odeur se fit sentir, un mélange de minéral et de bois mal brûlé.

— Qu'est-ce que c'est?

— Une invention des Agelastes. Ça explose quand on l'allume.

— Ça explose?

— Je t'expliquerai plus tard. Crois-tu pouvoir atteindre le feu d'ici?

Nestorien évalua la distance qui les séparait du feu. Ce n'était pas un exploit, surtout avec un si gros feu. Sirokin lui tendit un des courts bâtons. Nestorien le soupesa: c'était plus lourd qu'il n'y paraissait.

— Et maintenant?

— Tu le lances dans le feu. L'explosion va surprendre les ravisseurs et éteindre leur feu. Tu cours libérer Fafaro. Je te suis et surveille les autres.

Nestorien, serrant les dents, évalua de nouveau la distance qui le séparait du brasier, évalua ensuite la distance qui le séparait de Fafaro. Celle-ci continuait de supplier, mais cela ne semblait pas émouvoir les hommes sans âme.

— Il ne sert à rien de pleurer, expliquait l'homme aux cheveux roux. Tu es femme et créatrice de vie, ton enveloppe charnelle crée d'autres enveloppes charnelles, qui capturent chacune deux âmes.

— L'âme de la famille et l'âme secrète, psalmodièrent ses quatre comparses.

— Nous, hommes de bien, avons libéré nos âmes de leur prison charnelle et imparfaite. Si tu étais un homme, nous te persuaderions de te joindre à nous, de te joindre dans notre quête de la sainteté.

— Mais je suis prête à vous suivre! sanglota Fafaro. J'aspire à la sainteté, moi aussi!

Un sourire onctueux sur son visage crasseux, l'homme aux cheveux roux hocha doucement la tête.

— Ma pauvre enfant, ce n'est pas possible. Tu es femme, et ce n'est que dans la mort qu'une femme peut libérer son âme.

Nestorien en avait assez entendu. D'un geste souple, il lança le court bâton. Presque invisible contre le ciel étoilé, le bâton traça une courbe parfaite et tomba en plein milieu du feu, sans qu'aucun des hommes ne s'en rende compte.

— Baisse-toi, murmura Sirokin.

Nestorien s'abaissa contre le rocher, le cœur battant à tout rompre.

Il attendit, attendit... Sous sa joue, le rocher était froid, et une mousse piquante lui irritait la peau. Il se gratta, se demandant si c'était normal que l'explosion tarde autant.

Près de lui, Sirokin siffla de consternation.

— Qu'est-ce que tu attends? Tu vois bien qu'il n'a pas fonctionné! Lances-en un autre!

Nerveux, Nestorien lança un deuxième bâton. Cette fois-ci, le geste fut beaucoup moins précis. Il avait tiré trop bas et trop à droite: l'homme sans âme qui continuait de trier les bagages reçut le bâton en plein figure...

— Aïe!

Ses quatre compagnons s'approchèrent du feu, l'épée en main, scrutant en tous sens la noirceur de la nuit.

— Que s'est-il passé? demanda l'homme aux cheveux roux.

L'autre tendit avec colère le court bâton.

— Quelqu'un m'a lancé ça! Ça vient de là.

Paralysés de terreur, Nestorien et Sirokin virent l'homme pointer droit dans leur direction.

Tout à coup, du milieu du feu de camp, une aveuglante boule de lumière monta jusqu'au ciel, accompagnée d'un bruit plus terrifiant que tous les coups de tonnerre du monde. Des branches enflammées tracèrent des courbes rouge clair à la grandeur du ciel; une pluie de braises et de poussière tomba tout autour. Bien qu'il fût prévenu, Nestorien faillit bien s'enfuir de terreur. Un coup dans les côtes le ramena à la raison : il fallait libérer Fafaro.

Les oreilles bourdonnantes, Nestorien bondit. Dans la nuit retrouvée, ses yeux aveuglés par l'explosion ne distinguaient plus rien. Il marcha et trébucha, la main tendue devant lui, étouffant dans la fumée piquante de l'explosion. Il faillit se casser le nez contre le front de Fafaro. Celle-ci cria et se débattit.

— C'est Nestorien !

Sous ses mains, il sentit les épaules de Fafaro devenir rigides, puis s'affaisser de soulagement.

— Nestorien ! Je... Que s'est-il passé?

— Plus tard !

Il contourna Fafaro, trouva ses liens cruellement serrés. Au risque de la blesser, il les coupa précipitamment, puis libéra ensuite les pieds. Fafaro serra Nestorien avec une vigueur à lui en couper le souffle.

— Père ! Père ! sanglota-t-elle sur son épaule. Vous êtes revenu.

Nestorien la laissa faire pendant quelques secondes : visiblement ébranlée, la jeune Musaphe ne savait plus ce qu'elle disait. Il finit par se dégager. L'éblouissement de l'explosion s'était atténué. Il distinguait maintenant un visage sombre où le tracé des larmes reflétait la lumière de la lune.

— Eh ! D'où tu sors, toi? gronda une voix furieuse derrière Nestorien. Nestorien se retourna, juste à temps pour recevoir un coup d'épée en plein dans les côtes. La douleur fut vive, et pourtant presque abstraite dans l'état de surexcitation où il se trouvait. En un geste qui plus tard lui semblerait la péripétie d'un mauvais rêve, Nestorien planta son court stylet dans la joue de son attaquant. La mince lame s'y enfonça comme dans de la graisse d'oie. L'homme sans âme — c'était le grand chauve — recula en se tenant la joue.

Nestorien et Fafaro s'enfuirent. Ils tombèrent sur Sirokin, qui essuyait sa lame d'un air farouche. À ses pieds, un des hommes sans âme gisait. La manche de son haillon crasseux était tombée dans les braises; le tissu prit feu, éclairant la scène d'une lumière rouge et fluctuante. Un troisième homme sans âme était assis sur les rochers, se tenant la figure en gémissant. Dans la pénombre, Nestorien crut reconnaître le petit maigre éraflé à la joue. Les deux autres avaient disparu.

Nestorien, Fafaro et Sirokin ramassèrent leurs armes et leurs bagages en vitesse, puis ils s'empressèrent de quitter l'horrible clairière.

* * *

Près du marais, dans la noirceur du sous-bois, une silhouette menaçante armée d'un bâton fit sursauter Nestorien.

— Qui va là?

— Pas de zèle, Matolch. Ce n'est que nous, répondit Sirokin sur un ton très las.

L'effusion des retrouvailles fut brève. Ils se consacrèrent plutôt à la préparation d'un feu et d'un repas, car ils étaient tous épuisés, gelés et affamés. Profitant de la flamme claire du feu, Sirokin examina la blessure infligée aux côtes de Nestorien. C'était une vilaine ecchymose qui avait saigné un peu, mais la côte n'était pas cassée. Ils conclurent avec soulagement que son attaquant avait dû être encore sonné par l'explosion pour infliger un coup d'épée aussi maladroit.

Sirokin se tourna ensuite vers Fafaro.

— Et toi, ça va?

Fafaro s'agrippa au bras de Nestorien: depuis sa libération, elle n'avait pas quitté le garçon d'une semelle. Elle répondit d'une voix un peu rauque que ça allait, qu'elle avait eu très peur, c'était tout. Elle semblait avoir de la difficulté à ne pas fixer la sylvanelle, assise de l'autre côté du feu, immobile comme une statue de plâtre. La sylvanelle avait accueilli l'arrivée de Fafaro avec autant d'indifférence que le reste, et depuis elle n'avait pas proféré un son. Elle mangea un peu, puis se laissa tomber mollement au sol et s'endormit aussitôt.

— Ainsi donc, vous avez trouvé une sylvanelle, murmura Fafaro. Que peut bien vouloir votre ogre d'une créature aussi amorphe?

Personne, et surtout pas Nestorien, n'avait répondu.

Un tour de garde fut institué: ce fut Sirokin qui hérita du premier quart. Nestorien s'allongea. Sans la moindre hésitation, Fafaro vint se blottir dans ses bras. Trop épuisé pour apprécier le romantisme de la situation, Nestorien s'endormit aussitôt.

4

Disputes et complots

Melsi se réveilla ce matin-là toute frigorifiée. La fenêtre de la chambre avait été brisée lors de l'évasion de son père le roi, et en ce début d'automne l'air du matin était plutôt frais. Malgré la présence des furets, qui lui réchauffaient le cou et les oreilles, elle avait froid avec seulement deux couvertures. Elle s'était déjà plaint, mais Barrad avait levé le nez.

— D'autres couvertures? Pour que tu puisses te glisser dehors comme l'a fait ton père? N'y compte pas trop!

— Mais j'ai froid!

— Tu as été trop dorlotée. Crois-tu que les petites filles des paysans n'ont pas froid une fois l'automne venu? Bien rares sont celles qui ont deux couvertures. Elles n'en n'ont qu'une, et toute rapiécée encore.

— Je ne suis pas une paysanne, s'était insurgée Melsi. Je suis une princesse.

— Bah! Princesse ou paysanne, c'est bonnet-blanc et blanc-bonnet pour moi.

Melsi, désarçonnée par cette histoire de bonnets blancs, n'avait pas su quoi répondre. Il lui fallait maintenant s'habituer à une situation tout à fait nouvelle. Pour la première fois de sa vie, elle avait affaire à quelqu'un qui n'était pas obligé d'obéir à ses moindres caprices. Bien sûr, son père le roi ne lui obéissait pas toujours, pas plus que Dame Zirnon, sa préceptrice. Or, c'était une chose de subir la constante surveillance de Dame Zirnon, ç'en était une autre de se faire rabrouer par Barrad. Au moins Dame Zirnon restait polie. L'ogre, lui, ne se gênait pas pour se moquer d'elle ou lui dire ses quatre vérités.

Melsi soupira. Elle songea à Nestorien et se demanda s'il reviendrait un jour. S'il ne revenait pas avec un sylvaneau, peut-être allait-elle passer toute sa vie prisonnière de Barrad, un peu comme dans les histoires que lui lisait parfois maître Sirokin. Heureusement que dans ces contes il y avait toujours un prince courageux qui venait délivrer la princesse, mais Melsi savait bien que si les princes libéraient les princesses, c'était pour se marier avec elles. Elle poussa un autre soupir: elle n'était encore qu'une petite fille, il lui faudrait donc attendre bien des années pour qu'un prince la trouve assez vieille pour tenter de la libérer.

Le lourd meuble qui bloquait la porte de la chambre fut déplacé. La porte s'ouvrit, livrant passage à Barrad. Il tenait dans sa grosse main un plateau d'argent avec le déjeuner de la princesse. Le roi Japier avait ordonné que, malgré sa capture, Melsi fut traitée selon son rang. On lui préparait donc quatre repas par jour — déjeuner, dîner, goûter et souper — qui lui étaient livrés dans la plus belle argenterie du palais. Barrad acceptait donc les plateaux en maugréant (il soupçonnait que Japier faisait tout ça pour se moquer un peu de lui), puis il les apportait à Melsi.

Barrad posa le déjeuner sur la petite table de chevet. Melsi attendit que le géant se soit éloigné un peu pour approcher. Elle souleva le couvercle d'argent et examina son déjeuner.

— Hé! Je t'avais demandé du lait pour Paillette et Charbon. Leur as-tu transmis ma demande?

— Bah!... J'ai oublié.

— Va demander du lait.

— Quoi? sursauta Barrad. C'est à moi que tu donnes des ordres?

— Paillette et Charbon ont l'habitude de boire du lait le matin.

— Eh bien, il faudra qu'ils changent leurs habitudes! Aaah, si je m'écoutais, je leur tordrais le cou, à ces affreuses bestioles, et on n'en entendrait plus parler.

Melsi s'interposa entre Barrad et les furets endormis sur le lit.

— Ne les touche pas! Méchant! Tu es méchant, Barrad, et jaloux!

Les sourcils broussailleux du géant se haussèrent, plissant toute la peau grise du front.

— Jaloux? Jaloux de quoi? Des furets? Je serais jaloux de ces insupportables diablotins?

— Oui! Tu es jaloux parce qu'ils sont gentils et que tout le monde les aime; alors que toi tu es méchant et que tout le monde te hait!

Barrad resta une longue seconde interdit, puis son visage grisâtre se colora d'une teinte brique, ses joues se gonflèrent et ses yeux s'écarquillèrent. Melsi se sentit soudain toute petite. Elle se demandait si elle n'avait pas été trop loin, elle avait l'impression que le géant allait faire une colère terrible et tout casser. Mais tout ce que Barrad réussit à faire, c'est de pointer un doigt frémissant sur Melsi et de proférer d'une voix sifflante:

— Alors ça... Alors ça, ma chère princesse, c'est trop fort...

Il sortit de la chambre en claquant la porte. Le lourd meuble qui barricadait fut brutalement remis en place.

Melsi contempla son déjeuner: elle n'avait soudain plus tellement faim.

* * *

Dans l'ancienne salle du trône sise dans les fondations, le roi Japier se laissa retomber lourdement dans son fauteuil, oppressé par le poids de l'histoire qui imprégnait ces vieux murs de pierre. C'est dans cette même pièce sombre et fleurant l'huile des lampes que les ancêtres de Japier — Darien le Vieil, Adréotien le Grand — avaient préparé les batailles qui les avaient opposés aux rois rivaux et aux envahisseurs du sud et de l'est, avant les guerres de Réconciliation. Au cours des deux derniers siècles cependant, l'antique salle n'avait servi que d'entrepôt d'armes et de provisions, et Japier avait l'impression que les vieilles pierres elles-même suintaient de colère pour protester contre cette indignité.

Devant Japier, Ferodelis se tenait droit, impassible. Si une aura émanait réellement de ces vieux murs, de toute évidence le chef des armées y était insensible. Japier se secoua : ce n'était pas en laissant courir son imagination trop fertile qu'il allait régler le problème de la capture de Melsi. Sa fille était prisonnière depuis trois jours. Il avait l'impression que pendant ces trois jours, lui et Ferodelis n'avaient fait que répéter les mêmes arguments, reformuler les mêmes projets et les mêmes objections, au point de s'en abrutir.

Les deux hommes restaient donc silencieux, plongés dans leurs pensées. Japier finit par se redresser dans son fauteuil.

— Si au moins nous avions des nouvelles de Sirokin.

— Majesté, tout comme vous j'admire la sagacité de maître Sirokin, répondit onctueusement Ferodelis. Cependant, espérez-vous sincèrement qu'il réussisse à trouver un sylvaneau, même dans ces mystérieux marais du nord?

— Je ne sais pas, Ferodelis, je ne sais plus. J'en viens presque à espérer que Sirokin revienne les mains vides.

Ferodelis ne répondit pas tout de suite.

— Majesté, je ne suis pas sûr de comprendre.

— C'est pourtant simple. Pour sauver Melsi, je dois livrer un sylvaneau à Barrad... Si les sylvaneaux existent... Et si nos hommes réussissent à en ramener un… (Japier se leva et se mit à arpenter la pièce) Or, nous avons fait peu de cas de ce que le sylvaneau en question pensera de cet arrangement.

— Je vois, finit par dire Ferodelis d'une voix basse. Il vous répugne de sacrifier une créature, même pour sauver la princesse.

Japier se rassit, puis se releva, incapable de rester en place.

— Comprends-tu, Ferodelis? Si nos hommes nous ramènent un sylvaneau, nous serons bien obligé de le livrer à Barrad pour libérer Melsi. Mais supposons qu'ils reviennent bredouille, que se passera-t-il?

— Barrad mettra sa menace à exécution.

— Je ne crois pas. Je crois qu'il négociera.

— Vous croyez?

— Oh oui, il négociera. Il sait que s'il… s'il tue Melsi, je n'aurai pas assez d'une vie pour me venger de lui. Il sait… (Japier déglutit, le visage rouge et congestionné) Il sait que tout Contremont sera derrière son roi pour lui faire regretter son geste, il sait que de toute mon âme et de tout mon cœur je m'astreindrai à faire justice. Jusqu'à ce que je meure, ou jusqu'à ce que je devienne fou.

— Je vois, répondit Ferodelis d'une voix blanche.

Japier donna congé au chef des armées. Celui-ci salua bien bas son souverain, puis quitta la pièce. Dans le corridor, un jeune soldat le salua. Ferodelis dépassa distraitement le soldat puis, pris d'une impulsion subite, se retourna et lui ordonna :

— Trouvez Carazo et dites-lui de me rejoindre à mes appartements dès que possible. Nous avons à discuter de... de Barrad.

Le soldat salua et s'empressa le long du couloir. Ferodelis retourna vers ses appartements, plongé dans ses pensées.

* * *

Moins d'une heure plus tard, Carazo, vêtu en civil, se présenta devant Ferodelis. Ce dernier accueillit son lieutenant avec une bonne humeur inhabituelle, une bouteille de vin à peine entamée à la main.

— Ah, fidèle Carazo. Où étais-tu donc?

— J'étais aux champs, chef. Veuillez pardonner ces vêtements, je n'ai pas pris le temps de revêtir mon uniforme, j'ai cru comprendre que vous étiez pressé de...

— Peu importe l'uniforme, interrompit Ferodelis avec bonne humeur. Allez, trinquons, trinquons, et après nous parlerons!

D'une main un peu incertaine, il remplit deux coupes de vin. Carazo devina que son chef n'en était pas à sa première bouteille. Il accepta néanmoins la coupe tendue. Ils trinquèrent. Ferodelis vida sa coupe d'un trait, félicitant à voix haute les vignerons qui avaient mis en barrique «cet excellent petit vin de pays». Carazo trempa ses lèvres et admit que le vin était bon. Une lueur circonspecte ne quittait pas son regard de vieux chien.

— Que se passe-t-il? finit-il par demander.

Ferodelis éclata d'un rire ravi. Avec un murmure de conspirateur, il fit signe à Carazo de s'approcher de la table. Les deux hommes s'assirent. Ferodelis remplit de nouveau sa coupe de vin et approcha son visage de celui de Carazo.

— Trouve quatre de *nos* hommes et prends la route de l'est. Tu chevaucheras jusqu'à Cribouc et là tu attendras la compagnie de Sirokin, si jamais ils reviennent. S'ils reviennent bredouille — tant pis! — tu les raccompagneras jusqu'à Contremont sous prétexte de les protéger. Je serai dans les bonnes grâces de Sirokin, ça sera toujours ça de pris. Mais s'ils ont réussi leur mission, c'est-à-dire s'ils ont réussi à capturer un de ces fameux sylvaneaux, alors tu prétextes que chaque minute compte, tu t'empares du sylvaneau — par la force, s'il le faut — et tu me le ramènes au grand galop. En secret, tu comprends?

— En secret?

— Tu le ramènes à moi. Le roi ne doit pas être au courant, tu comprends? Je vais donner des ordres pour préparer un des vieux cachots dans les fondations.

— Que voulez-vous faire?

Ferodelis agita l'index, faisant mine de disputer son lieutenant.

— Te voilà bien curieux tout à coup... Contente-toi de savoir que j'ai eu une idée que je qualifierais de géniale si j'étais assuré qu'elle fonctionne. Le problème, c'est qu'il me faudra la collaboration de l'ogre. Et pour ça, il me faut un sylvaneau.

— Je vois.

— Non, tu ne vois pas. Allons, ne fais pas cette mine déconfite, je t'expliquerai à ton retour. Maintenant, va!

Carazo salua son chef et quitta les appartements. Ferodelis se versa le reste de la bouteille de vin et contempla d'un air peiné la bouteille vide. Soudain morose, il alla s'asseoir sur son lit, sa coupe de vin à la main. Son regard se perdit dans la contemplation des pierres du mur.

— Désolé, petite princesse, finit-il par murmurer. C'est toi qui t'es fourrée dans cette situation. Maintenant, tu es dans mon chemin... (Il but son vin, puis haussa les épaules.) Bah! D'ici là, le monstre t'aura peut-être tuée, m'épargnant une sale besogne.

5
La renaissance de Fafaro

Quand Nestorien se réveilla le matin suivant, il constata deux choses : Fafaro ne dormait plus près de lui, et il avait mal partout. Il se redressa en serrant les dents. Il ne pouvait décider ce qui lui faisait le plus mal : le nez qu'il s'était écrasé contre le front de Fafaro, ou son côté atteint d'un coup d'épée. Seul réconfort en ce matin glacial, un bon feu crépitait à quelques pas de lui. Sirokin faisait chauffer de l'eau dans une bouilloire noire de suie pendant que Matolch examinait ses plaies.

La sylvanelle, comme d'habitude, fixait le vide. Elle était maintenant vêtue de bottillons gris, d'un pantalon rouge, d'une chemise de toile et d'une veste bleue cousue de breloques — sans doute prêtés par Fafaro. De simples vêtements de paysan, mais ils suffisaient à souligner la féminité de la créature. Elle était trop belle, comme une princesse déguisée en pauvresse à l'occasion d'une fête costumée. Il n'aurait fallu qu'un sourire sur ses lèvres pâles pour voler le cœur de Nestorien. Mais le mince visage blanc restait aussi impassible que celui d'une morte...

Nestorien regretta aussitôt cette morbide comparaison. Avec des gestes ankylosés, il repoussa sa couverture et s'approcha du feu. Il allait demander où se trouvait Fafaro quand celle-ci apparut à l'orée de la clairière, portant une brassée de branchages. Elle approcha et jeta le bois dans le feu. Le contraste physique entre Fafaro et la sylvanelle était trop flagrant pour échapper à Nestorien. Sous des cheveux en bataille, le visage cuivré de Fafaro était marqué de trois ecchymoses, une sous le menton, une sur la pommette droite, et une sur le front, là où Nestorien avait failli se casser le nez. Elle s'était défendue avec vigueur contre ses attaquants: elle avait les jointures toutes éraflées. Ses poignets étaient rouges et enflés là où les cordes avaient serré, ses vêtements étaient tachés de suie et piquetés de brindilles d'écorce. Elle s'approcha de Nestorien et lui demanda s'il se sentait bien.

— Un peu sonné, admit le garçon, mais je vais survivre. Et toi?

— Ça va. Grâce à vous.

Nestorien lança un coup d'œil déconcerté à Sirokin et Matolch, puis regarda de nouveau Fafaro. Le choc l'avait secouée plus qu'elle ne l'admettait; on la reconnaissait à peine. La jeune fille presque timide qui lui adressait la parole ce matin n'avait rien à voir avec la guide musaphe décidée et presque arrogante qu'il avait connue jusqu'alors. Au lieu de prendre place auprès du feu, Fafaro secoua la couverture de Nestorien, la plia et la rangea dans le sac à dos. Elle s'affaira ensuite à brosser les bottes de Nestorien pour enlever le plus gros de la vase du marais. Les trois hommes observaient son manège, aussi muets que la sylvanelle.

— Allons, viens t'asseoir, finit par dire Nestorien. Je peux m'occuper de mes affaires, je ne suis pas si mal en point que ça.

Fafaro obéit. Elle posa les bottes et s'approcha du feu.

— Comme vous voudrez, père.

Nestorien était trop décontenancé pour répondre. Fafaro l'avait déjà appelé «père» la nuit précédente, quand il l'avait libérée de ses liens. Il avait cru alors que Fafaro, brutalisée par les hommes sans âme et étourdie par l'explosion, ne savait plus ce qu'elle disait.

Le regard du garçon croisa celui de Sirokin.

— Maître, je voudrais vous parler seul à seul.

Sirokin hocha doucement la tête.

— Je crois que ça s'impose, en effet.

Ils se levèrent et s'éloignèrent hors de portée de voix.

— Maître, vous avez entendu? éclata Nestorien. Elle m'appelle «père». Qu'est-ce qui lui prend? Je ne suis pas son père! Elle doit être encore sonnée par ce qui s'est passé!

Sirokin fit signe à Nestorien de se calmer.

— Oublies-tu que Fafaro est une Musaphe? Cette nuit, tu lui as sauvé la vie. Son âme de famille t'appartient donc, si je comprends correctement les coutumes des Musaphes. Pour Fafaro, tu es devenu son père.

— Mais c'est ridicule! Elle a au moins seize ans, elle est plus âgée que moi!

— Je reconnais que la situation est insolite. Calme-toi un peu, nous allons tenter de régler l'affaire avec Fafaro.

Ils revinrent auprès du feu. Sous le regard attentif de Matolch — et celui, indifférent, de la sylvanelle — Sirokin s'adressa à Fafaro:

— Pourquoi as-tu appelé Nestorien «père»?

Sans quitter les braises du regard, Fafaro répondit, en un murmure qui couvrait à peine le crépitement du feu:

— J'étais morte. Nestorien m'a ramenée à la vie. Je lui dois donc amour, service et fidélité, jusque dans la mort s'il le faut. Car il est maintenant mon père, et je suis maintenant sa fille.

Nestorien frémit. Fafaro avait répondu sur un ton de leçon apprise par cœur qui lui rappelait la litanie des hommes sans âme. Sirokin fit un geste désinvolte.

— Pourquoi se tracasser avec ce qui aurait pu arriver? Tu n'es pas morte, c'est ça la vérité.

— La vérité, c'est que Nestorien m'a libérée de mes liens et a tué un homme pour me protéger. Je... La Fafaro que vous avez connue n'existe plus.

— J'ai pourtant l'impression que cette situation ne fait pas vraiment ton affaire.

— Je suis heureuse de retrouver mon père, répondit Fafaro, sans conviction.

— Oublions cet incident de parcours. Je doute que Nestorien ait bien envie de devenir ton père.

Fafaro regarda Nestorien. Son regard sombre

luisait. Visiblement, la jeune fille était déchirée entre le poids de la coutume et ses désirs propres. Une larme coula sur sa joue. Elle l'essuya et secoua la tête.

— Il m'a redonné naissance. Je suis donc sa fille. C'est comme ça.

— Mais c'est absurde! éclata Nestorien. Je ne suis même pas marié. Et tu es aussi âgée que moi. Si au moins tu devenais ma sœur, ça serait moins ridicule!

— Je vous serai toujours fidèle, Père, même si vous me rejetez et me reniez.

— Mais... Mais il n'est pas question de te renier!

Matolch se mit péniblement debout et s'adressa à ses trois compagnons:

— Je compatis à vos difficultés, les jeunots, mais il ne faudrait pas oublier le but premier de notre mission. (Il fit un geste du menton vers la sylvanelle.) Il faudrait se remettre en route. J'ai hâte de retrouver mon cheval.

— Matolch a raison, approuva Sirokin. Dépêchons-nous de regagner Louchet. La marche sera longue, nous aurons tout le temps de trouver une solution à ce problème.

Ils dispersèrent le feu et ramassèrent leurs bagages. Sirokin se tourna vers la sylvanelle et lui fit signe de les suivre. Docile, celle-ci se leva et s'approcha, encore un peu maladroite dans les bottillons que lui avait prêtés Fafaro. Ils quittèrent la clairière. La longue route du retour était commencée.

* * *

Il devint rapidement évident qu'avec Matolch la compagnie ne pourrait pas avancer aussi rapidement qu'elle l'aurait voulu. Sirokin dut presque se fâcher pour que le rude vétéran se débarrasse complètement de ses bagages. Les autres se répartirent son fardeau, mais Nestorien commençait à trouver la charge un peu pénible.

— Et elle? demanda Fafaro en désignant la sylvanelle. Pourquoi ne porterait-elle pas sa part?

— Pourquoi pas, en effet? dit Sirokin avec un sourire en coin. Eh, toi! Approche un peu. Crois-tu être capable de porter ça?

— Je ne sais pas.

Ils lui enfilèrent un petit sac à dos. La sylvanelle l'accepta sans autre commentaire.

— Il faudrait bien lui donner un nom, dit Sirokin. On ne va pas toujours l'appeler «Eh, toi!».

— J'ai un nom, répondit la sylvanelle de sa voix de cristal. Je m'appelle Diarmuid.

Matolch éclata d'un rire un peu trop appuyé.

— Entendez-vous ça? Elle a un nom, maintenant! Diarmuid, n'est-ce pas? As-tu d'autres secrets, petite sorcière?

— Je ne sais pas.

— Tu ne sais pas? Pourtant tu parles, tu marches, tu as un nom... Quelle sera ta prochaine révélation? Que tu voles comme un oiseau?

— Non. Je suis incapable de voler.

Matolch hocha la tête, un sourire sans joie dans sa barbe poivre et sel. Ils se remirent en route. Par la suite, Nestorien surprit à plusieurs reprises Matolch en train de lancer à Diarmuid d'étranges regards. De toute évidence, le vieux soldat n'appréciait pas la présence de la sylvanelle. Nestorien ne comprenait pas. S'agissait-il de haine, de colère, de dégoût? Comment une créature aussi belle, naïve et inoffensive que Diarmuid pouvait causer pareille réaction?

À l'avant, Sirokin menait la compagnie, solitaire. Nestorien le rejoignit et, à voix basse, lui rapporta la réaction de Matolch et lui fit part de ses inquiétudes.

Pendant de longues secondes, le conseiller du roi étudia silencieusement Nestorien, comme s'il cherchait en vain dans le regard du garçon un sentiment qui aurait dû s'y trouver. Nestorien détourna le regard, mal à l'aise. Sirokin reporta son attention sur le sentier tacheté de feuilles jaunes et rouges.

— En se convainquant lui-même qu'il déteste cette créature, Matolch tente peut-être de justifier sa mission à ses propres yeux.

Sirokin avait répondu d'une voix douce, trop douce. Il regarda de nouveau Nestorien, ses lèvres abaissées en un pli amer.

— Matolch n'a pas oublié le sort qui attend la sylvanelle. Toi, l'as-tu oublié?

La question frappa Nestorien comme une gifle. Avec étonnement, il dut reconnaître que oui : oui, il avait oublié. L'envoûtement qui s'était emparé de lui à la découverte du cocon de Diarmuid ne s'était donc pas entièrement dissipé quand il avait quitté les marais Marivoles... Depuis ce temps, tout avait été prétexte à ne pas réfléchir, à ne pas penser à ce qui se produirait lorsque la compagnie ramènerait la sylvanelle à Contremont, pour y être livrée à Barrad. Nestorien lança un regard derrière lui, sur Diarmuid qui marchait à la droite de Fafaro, son visage comme un masque de poupée précieuse, ses longs cheveux diaphanes ondulant sous le souffle léger du vent.

Pour Nestorien, cette mission avait été semée d'embûches, certes, mais chacune de ces embûches en avait rehaussé jusque là le côté aventureux. À ce moment, pour la première fois, le garçon réalisa avec force le caractère détestable de cette mission. Il commença à comprendre la réaction de Matolch. Contraint d'obéir à des ordres qu'il désapprouvait, le vieil officier avait tourné sa rancœur vers Diarmuid, il en avait fait la source de ses maux.

Mais Nestorien n'arrivait pas à faire porter à la sylvanelle la responsabilité de la situation. Toute la révolte qu'il ressentait ne pouvait être tournée que vers une seule personne : lui-même.

Fafaro leva le regard sur Nestorien.

— Que se passe-t-il, père? Ça ne va pas?

Nestorien détourna son regard vers le sentier couvert de feuilles. Il aurait voulu répondre «Cesse de m'appeler père», mais sa gorge était trop serrée pour émettre le moindre son.

6
Confrontation à Louchet

Si la traversée des monts Fructice fut difficile pour tous les membres de la compagnie, pour Matolch ce fut une épreuve presque insurmontable. Les blessures de sa jambe s'étaient infectées. Le vieil officier tremblait de fièvre jour et nuit, et il fallait souvent s'arrêter pour qu'il se repose. Comme si ces ennuis ne suffisaient pas, la compagnie n'avait plus de provisions — les hommes sans âme avaient éparpillé et gâché leurs maigres réserves. Il fallait chasser pour manger. Sans Fafaro, qui ramenait lièvres et bécasses, Nestorien doutait que Matolch eut survécu.

La dernière nuit qu'ils passèrent dans les montagnes fut terrible. Matolch délirait, pris de fièvre. Il exhortait Sirokin à l'abandonner, disant qu'il n'avait rien fait d'utile de toute la mission, qu'il n'avait réussi qu'à les retarder. Profitant d'un instant de distraction de ses compagnons, il avait tenté de se jeter en bas d'une pente rocheuse. Heureusement, Fafaro l'avait aperçu avant qu'il ne commette l'irréparable. Matolch délira une partie de la nuit, hurlant des ordres de bataille, insultant d'invisibles ennemis, murmurant «L'ogre, l'ogre!» et «Sauve-toi, petite sorcière!». Heureusement, Diarmuid dormait, quoique Nestorien doutât qu'elle eût compris le sens de l'avertissement délirant de Matolch.

— À Priscantines, nous chercherons un médecin, décida Sirokin d'une voix lasse.

S'il est encore vivant, songea Nestorien, sans oser le dire à voix haute.

* * *

Le lendemain, Matolch était toujours vivant, mais il était très faible et pâle à faire peur. Nestorien, Fafaro et Sirokin se relayèrent pour le soutenir. Tout le jour, ils descendirent le long d'une piste sinueuse rendue glissante par une fine couche de neige. Le vétéran ne disait plus un mot. En fait, personne ne parlait, tous les esprits étaient concentrés sur l'étroit sentier glissant et la perspective de retrouver les chevaux.

Vers la fin de l'après-midi, au détour d'un pilier de roc fissuré, la compagnie tomba sur un petit village de basses maisons en briques jaunâtres: Louchet. Le cœur de Nestorien bondit dans sa poitrine: à l'aller, il avait été dégoûté par le spectacle de ce triste village aux rues boueuses. Maintenant, il en aurait pleuré de joie et de soulagement. Même le visage de Matolch s'étira d'un pâle sourire.

— Je crois que je vais embrasser mon cheval.

— Et moi donc! renchérit Sirokin.

Une vingtaine de villageois s'attroupèrent à leur arrivée. La présence de Diarmuid les impressionna beaucoup. La plupart des femmes s'enfuirent en cachant les enfants sous leurs jupes. Un des vieillards qui avait accueilli la compagnie à leur première visite — celui aux pompons verts — fit mine de s'interposer.

— Halte là! Est-ce bien toi, Fafaro?

— Si tu m'as reconnue, Liergo, pourquoi poses-tu la question?

— Je te reconnais bien, et je reconnais tes compagnons — quoiqu'il en manque un ou deux il me semble — mais je ne reconnais pas cette... cette créature...

— C'est une femelle sylvaneau! glapit une femme d'âge mûr derrière Liergo. Pourquoi avez-vous ramené ça ici? C'est une sorcière, une buveuse de sang!

— Une buveuse de sang! répéta le vieillard qui s'avança en levant un long bâton.

— À moi! À mes enfants! hurlait la paysanne sur un ton hystérique. Elle va venir nous sucer le sang dès que nous serons endormi!

Bâton levé, le vieillard s'approcha, suivi de deux hommes plus jeunes. Sirokin et Nestorien brandirent leurs épées.

— Arrière, ou il vous en cuira! déclara Sirokin d'une voix claire qui fit écho.

Les villageois reculèrent, bousculant la paysanne hystérique qui roula cul par-dessus tête dans la boue.

— Calmez-vous et retournez à vos occupations, continuait Sirokin. Cette affaire ne vous concerne pas.

— Si tu amènes une femelle sylvaneau dans notre village, ton affaire devient nôtre, répliqua le vieillard. Nous ne voulons pas de buveuse de sang ici.

Fafaro s'approcha, les mains ouvertes en un geste de conciliation.

— Allons, Liergo, ce sont des légendes. Les sylvaneaux ne boivent pas de sang.

La paysanne s'était relevée, le visage congestionné de rage. Elle pointa une main boueuse sur Diarmuid, superbement indifférente à la discussion.

— Vous ne voyez pas qu'elle les a ensorcelés! Elle a bu leur sang pendant leur sommeil! Mort à la buveuse de sang!

Venue de l'arrière du groupe des villageois, une pierre rata de peu la tête de Diarmuid. Deux autres pierres suivirent, une atteignit Nestorien à la jambe et la troisième frappa la sylvanelle en plein estomac. Avec un petit cri de surprise, elle tomba assise dans la neige détrempée.

— Ça suffit! cria Sirokin. Il s'approcha du groupe des villageois, la lame sifflant à gauche et à droite. Nestorien bondit à sa suite, l'épée pointée, hurlant de rage. Les villageois s'égaillèrent avec des cris effarouchés. Nestorien, rendu furieux par la pierre qu'il avait reçu, dut faire un effort surhumain pour ne pas transpercer un des villageois.

Un cri d'avertissement de Fafaro retentit.

Nestorien et Sirokin, ayant fait fuir leurs adversaires, se retournèrent. Fafaro était penchée sur Matolch, qui gisait inerte dans la neige à demi fondue.

— Que s'est-il passé? demanda Sirokin. Il a reçu une pierre?

Fafaro hocha négativement la tête.

— Non. Il s'est écroulé, tout simplement.

Pendant que Nestorien veillait à ce qu'aucun villageois ne vienne les importuner, Sirokin s'affaira au chevet de Matolch. Le vieux soldat n'était pas mort, il s'était simplement évanoui de faiblesse. Sirokin lança un coup d'œil désemparé vers le soleil qui s'approchait de la cime des monts Fructice.

— Allons vite récupérer nos chevaux. Nous partons pour Priscantines immédiatement.

Malgré son épuisement, Nestorien ne protesta pas. Lui aussi craignait pour la vie de Matolch. Ils réussirent à ranimer le pauvre vieux soldat, puis aidèrent Diarmuid à se relever. La sylvanelle était restée tout ce temps assise dans la neige en se caressant le ventre, là où elle avait reçu la pierre. De toute évidence, elle ressentait la douleur, mais elle n'avait ni gémi ni pleuré.

Ils trouvèrent leurs chevaux dans l'écurie où ils les avaient laissés en pension. Le propriétaire s'étant barricadé dans sa maison avec sa femme et ses enfants, les compagnons en furent quitte pour récupérer eux-mêmes leur bien. Matolch, en apercevant son bien-aimé cheval, parut reprendre quelques forces. Une fois en selle avec l'aide de Nestorien, il se permit même un pâle sourire.

— À ce stade-ci, ne t'inquiète plus, mon garçon. Je ne suis jamais tombé de selle et je ne vais pas commencer ce soir.

Sirokin remit à Fafaro les cinq pièces d'or qui lui étaient dues.

— Ton aide a été précieuse, merci pour tout.

Fafaro toisa Sirokin, puis son regard se porta sur Nestorien.

— Mais... Mais père, je viens avec vous...

Nestorien leva les yeux au ciel : il avait espéré que la rigueur et les tourments du voyage libéreraient Fafaro de son obsession. Il voulut protester, mais Sirokin s'interposa.

— Nous n'avons pas le temps de recommencer une discussion stérile. Il faut partir. Je prendrai la sylvanelle en selle. Si Fafaro veut nous accompagner, qu'elle le fasse, qu'elle prenne la monture de Grabist ou celle de Jirjory. Tout ce que je veux éviter, c'est que nous nous trouvions avec un troisième cheval sans propriétaire.

Ils quittèrent Louchet. Sous leurs yeux s'étalaient les plaines Myrallières, hier encore vertes et dorées, aujourd'hui mouchetées de zones neigeuses. Le soleil effleura la cime des monts Fructice. L'ombre des montagnes glissa sur la plaine jusqu'à la rive de la mer Fructice, à l'horizon, là où scintillaient déjà les lointaines lumières de Priscantines.

7

Deux histoires pour Melsi

Melsi repoussa une mèche blonde et décoiffée de son visage. Elle songea à son père, le roi. Les premiers jours, Japier avait bravé Barrad en venant parler à Melsi sous sa fenêtre, pour la rassurer. Mais ces rencontres déplaisaient à Barrad. Il avait barricadé les fenêtres avec de lourdes bibliothèques et Melsi était restée dans la pénombre pendant tout le jour. Japier et Barrad s'étaient donc entendus: Barrad libérerait les fenêtres et Japier ne tenterait plus de venir parler à sa fille. Heureusement que Melsi était trop jeune pour deviner que son père souffrait beaucoup plus qu'elle de cette interdiction.

Ce soir là, après un repas solitaire, elle se laissa tomber dans ses draps défaits et se mit à pleurer. En silence, car Barrad n'aimait pas le bruit. Paillette et Charbon avaient beau tenter de l'égayer, ça ne servait à rien, Melsi pleurait, pleurait, pleurait...

— Allons, ma petite, ça ne sert à rien de pleurer, fit une voix grave mais douce près du lit.

Melsi se retourna en sursaut et ses deux furets se dressèrent sur leurs pattes arrière, prêts à mordre. Une haute silhouette contrefaite se tenait immobile près du lit: Barrad. Melsi ne l'avait pas entendu entrer. Le géant, qui paraissait si gauche et si brutal, pouvait faire preuve d'une grande discrétion quand il le voulait. Melsi recula un peu, sur la défensive.

— Que voulez-vous que je fasse, sinon pleurer? Je m'ennuie tellement.

Un rictus déforma le visage de Barrad, ce visage qui pendant un temps trop court était apparu calme et bon.

— Tu t'ennuies? Parce que tu n'as pu sortir pendant quelques jours? Oh non, petite princesse, tu ne sais pas ce que c'est que s'ennuyer. Que dirais-tu de rester enfermée dans une grotte pendant des siècles?

— Ne compare pas ma situation à la tienne, rétorqua Melsi. Tu n'étais pas prisonnier, toi. Tu n'avais qu'à te promener.

— Me promener? Me promener où? Au bout de quelques siècles, je commence à avoir tout vu. Et puis...

— Et puis quoi?

— Et puis: pourquoi voyager quand nulle part on ne veut de vous?

— Ça n'empêche pas que je m'ennuie, finit par répondre Melsi, boudeuse.

— Veux-tu que je te raconte une histoire?

Melsi resta sans voix quelques secondes.

— Tu connais des histoires?

— Quoi? éclata Barrad, les yeux ronds. Est-ce que *moi* je connais des histoires? Mais j'en connais des centaines, d'histoires, des milliers! Des histoires réelles et des histoires inventées. Des histoires de monstres et des histoires de fées. Des histoires drôles, ou horribles, ou tristes, ou étranges, ou tout cela à la fois.

— J'aimerais bien une histoire drôle, admit Melsi, sur la défensive.

— Une histoire drôle, donc!

Frottant ses énormes mains avec satisfaction, Barrad s'assit sur le plancher et croisa les jambes. Il se gratta la barbe, rassemblant ses idées. Il se tourna ensuite vers Melsi, le ciel violet du soir modelant son visage d'ombres. D'une voix un peu moins rocailleuse que d'habitude, il lui raconta l'histoire de...

Filifof le Niais

Il y avait dans la campagne un manoir habité par un vieux seigneur et ses deux fils. Un jour le tambour passa dans tout le pays, annonçant que le roi marierait sa fille, la princesse Ilsem. Or celle-ci avait fait savoir qu'elle n'épouserait qu'un homme cultivé et beau parleur.

Les deux fils du seigneur se préparèrent pendant huit jours. Ce n'était pas beaucoup, mais ils étaient tous les deux très instruits, ce qui leur donnait un avantage. Le premier avait appris toutes les lois du royaume, et ces lois étaient très compliquées; le second parlait sept langues, trois antiques et quatre modernes. «J'épouserai la princesse», disaient-ils tous les deux. Et ils partirent pour le château du roi, chacun sur un magnifique cheval. Tous les domestiques étaient dans la cour pour leur souhaiter bonne route quand soudain arriva le troisième frère — oui, en fait ils étaient trois, mais le troisième ne comptait absolument pas, il n'était ni beau, ni instruit, on l'appelait Filifof le Niais.

«Où allez-vous ainsi en grande tenue?» demanda-t-il à ses frères.

«À la cour, gagner la main de la princesse Ilsem par notre conversation.»

«Vrai?» dit Filifof le Niais. «Alors, je vous accompagne!» Ses frères se moquèrent de lui: «Tu es bien trop niais, et de toute façon notre père n'a pas de cheval à te prêter.» Et les deux frères partirent. Filifof ne se laissa pas décourager, il sauta à califourchon sur son bouc, l'éperonna de ses talons et prit la route à toute allure. Il rattrapa facilement ses frères, qui ne se pressaient pas, préparant à l'avance les bonnes réparties qu'ils allaient lancer. Ils se graissèrent même les commissures des lèvres avec de l'huile de noisette pour rendre leur parole plus fluide.

— Tu exagères, protesta Melsi en riant.

— C'est l'histoire qui est comme ça, répondit Barrad sur un ton sentencieux.

Sur la route, Filifof trouva une corneille morte.

«Holà! Regardez ce que j'ai trouvé!»

«Niais! Que vas-tu faire de ça?»

«Je l'offrirai à la princesse Ilsem.»

«Ça c'est une bonne idée!» dirent les deux frères en riant. Plus loin sur la route, Filifof trouva un vieux casque de soldat tout cabossé. «Holà! Regardez ce que j'ai trouvé maintenant! Ce n'est pas tous les jours que l'on trouve ça sur la route!»

ıistoire? fit Barrad. (Il faisait
irer l'oreille, mais même Melsi
ne faisait ça que pour la taqui-
nais ce sera la dernière. Quel
? Encore une histoire de prin-

ıistoire d'animaux!
ratta encore la barbe, puis ses
ssèrent.
is une bonne histoire d'animaux.
: *L'honneur des asticots.*
e que c'est, un asticot?
ɔien, une larve de mouche, ces petits
ıui grouillent sur la charogne.
! protesta Melsi. Je n'aime pas ce
oire!
ulais une histoire d'animaux, je te
e histoire d'animaux.
ce genre d'animaux. Les vers, c'est
! Je veux une histoire de chien ou de

nais dans cette histoire il y a également
s et des furets.
use, Melsi fit signe à Barrad de com-
son histoire. Barrad raconta donc:

L'honneur des asticots

'est pas étonnant que tu n'aimes pas les
s, Melsi. Depuis l'aube des temps, les asti-
ıt toujours été méprisés par les hommes et
s autres animaux. Or il advint un jour que
des asticots — car chez les asticots aussi il

«Est-ce aussi pour la princesse?»

«Bien sûr!» dit Filifof. Et les deux frères riaient tellement qu'ils en avaient mal au ventre. Plus loin, Filifof fit une découverte encore plus merveilleuse: de la boue, de la belle boue bien épaisse et bien noire. Il s'en remplit les poches avec satisfaction. Ses frères ne riaient plus, convaincus que Filifof était devenu complètement fou.

Ils arrivèrent tous les trois avec une heure d'avance aux portes de la ville. Là, les prétendants recevaient chacun un numéro et on les mettait en rang six par six, si serrés qu'ils ne pouvaient remuer les bras. Tous les autres habitants du pays se tenaient autour du château, juste devant les fenêtres, pour voir la princesse Ilsem recevoir les prétendants...

— Hé! s'exclama Melsi. «Ilsem», c'est mon nom à l'envers!

— C'est seulement maintenant que tu t'en rends compte? Maintenant, cesse de m'interrompre, sinon je vais m'embrouiller. Je disais donc que...

...les prétendants entraient chacun leur tour dans la salle d'audience. Or la princesse Ilsem était si belle qu'ils en perdaient la parole.

«Bon à rien», disait alors la princesse Ilsem, «sortez!»

Vint le tour du frère qui connaissait toutes les lois du royaume. Ça ne se passa pas comme il l'avait prévu. Premièrement, la beauté de la princesse l'étourdit. Deuxièmement, derrière la princesse, trois préceptrices le regardaient d'un air sévère. Troisièmement, un nain muni d'un porte-voix répétait par une fenêtre ouverte tout ce qui se disait, pour que le peuple ne manque rien. Quatrièmement, dans le foyer brûlait un feu énorme.

«Quelle chaleur!» dit le premier des frères.

«C'est parce qu'aujourd'hui mon père rôtit des poulets», dit la princesse.

Euh! Le premier frère ne s'attendait pas à ça. Il aurait voulu démontrer à la princesse son érudition, mais il n'arrivait pas à se rappeler un seul article de loi régissant la cuisson des poulets!

«Bon à rien. Sortez!»

Le frère qui connaissait sept langues entra ensuite.

«Il fait terriblement chaud ici.»

«Oui, nous rôtissons des poulets aujourd'hui.»

Il fut si désarçonné que les sept langues se mêlèrent dans son esprit: «Bèh euh... Bèh... Des pou... Euh...» Sur le bord de la fenêtre, le nain répétait à toute voix: «Bèh euh! Bèh! Des pou! Euh!»

«Bon à rien. Sortez!»

Ce fut le tour de Filifof le Niais. Il entra sur son bouc jusqu'au milieu de la salle.

«Holà! Quel bon feu! Ça tombe bien, je pourrai sans doute faire rôtir ma corneille.»

«Bien sûr», dit la princesse, «mais as-tu quelque chose pour la faire rôtir, car nous n'avons plus ni pot ni poêle.» Filifof montra son casque tout cabossé: «Ne vous en faites pas, j'ai ce qu'il me faut.»

«V
la sau
«Da
peu de
Ilsem. «
qu'un gr
disons es
donne ma
entier.»
«Je vois q
Il retourna sc
préceptrices. A
porte-voix et p
c'est du beau tr
à tout, et je te ve
— Et c'est ains
conclut Barrad. I
et un trône, bref, t
Il était reconnu pou
l'histoire ne dit pas
jours bien appréciées
Melsi applaudit en
— Vive Filifof! Enc
plaît.
Paillette et Charbon e
— *C'est la première fo*
nous sommes prisonniers,
— *Oh, que je suis soul*
croyais qu'elle allait mouri
rad n'a pas que des défauts,
—*Moi, il me faudra plus d*
que je change d'idée à son su
bon, méfiant.

— Une autre
mine de se faire
s'apercevait qu'il
ner.) D'accord,
genre d'histoire
cesse?
— Non, une
Barrad se
sourcils se dre
— Je conna
Elle s'intitule
— Qu'est-c
— Tu sais
vers blancs
— Beeerk
genre d'hist
— Tu v
raconte un
— Pas
dégoûtant
furet.
— Oh,
des chien
Boude
mencer

Ce
asticot
cots o
par le
le roi

y a des paysans, des marchands, des rois et même des petites princesses asticots...

— Quelle horreur, grimaça Melsi.

Le roi des asticots convoqua un jour ses conseillers et leur demanda ce qu'il fallait faire pour changer cette déplorable réputation. Il fut décidé qu'une délégation de trois nobles asticots serait envoyée interroger les autres animaux pour comprendre ce qui pouvait bien causer tant de mépris et de dégoût.

Les trois nobles asticots allèrent d'abord voir le chien. C'était l'animal qu'ils connaissaient le mieux car les chiens aussi aiment la charogne. Ils demandèrent au chien ce qu'il faisait de ses journées. «Pas grand chose», avoua le chien. «Le matin, mon maître me nourrit. Je joue et je me dispute avec mes camarades. Je jappe quand je vois des étrangers. Quand je m'ennuie trop, je m'endors.»

«Mais, tu ne travailles pas?» s'étonnèrent les asticots. Car il te faut savoir que les asticots sont très travailleurs. Dès qu'il se sont mis dans une carcasse, ils n'arrêtent pas une minute tant que la carcasse n'a pas été toute dévorée. Pour les asticots, l'idée qu'on puisse nourrir un animal pour le plaisir de sa seule compagnie les dépassait complètement.

Le chien protesta: «Pour sûr que je travaille! Je suis un chien de chasse, moi! Une fois la semaine, mon maître nous libère et nous amène dans les bois, mes compagnons et moi. Là, nous débusquons un renard, nous le traquons et l'étranglons. C'est la partie amusante de notre travail.»

«Ce n'est pas dangereux?» demandèrent les asticots. Le chien jappa de rire: «Dangereux? Allons donc! Nous sommes une centaine contre un seul petit renard!»

Un peu perplexe, les nobles asticots rencontrèrent ensuite le furet, et lui demandèrent ce qu'il faisait. «Pas grand-chose», dit le furet. «Je joue avec ma maîtresse, je fouille partout, je déchire le bas des robes, je me bagarre avec les chats et je courtise les furettes. Mais la plupart du temps, je dors.»

«Mais, vous ne travaillez pas?»

«Bien sûr! Je chasse les rats et les souris.»

«Ce n'est pas dangereux?»

Le furet gloussa de rire: «Dangereux? Allons donc! Regardez comme mes crocs sont pointus.»

Les nobles asticots ressortirent de leur visite au furet encore plus perplexes qu'à leur visite au chien. Ils décidèrent d'en avoir le cœur net et firent un long voyage pour aller voir le roi des animaux: le lion.

— Qu'est-ce que c'est, un lion?

— C'est un genre de gros chat qui vit très loin au sud de Contremont. Son pelage est jaune et une épaisse couronne de poil lui entoure la tête.

Au bout d'un long chemin semé d'embûches, les asticots arrivèrent dans le royaume du lion et sollicitèrent un entretien. Le lion les reçut, un peu endormi, car les asticots l'avaient réveillé. Ceux-ci demandèrent au lion quelles étaient les activités de sa journée. Le lion bâilla, puis se passa

«Est-ce aussi pour la princesse?»

«Bien sûr!» dit Filifof. Et les deux frères riaient tellement qu'ils en avaient mal au ventre. Plus loin, Filifof fit une découverte encore plus merveilleuse: de la boue, de la belle boue bien épaisse et bien noire. Il s'en remplit les poches avec satisfaction. Ses frères ne riaient plus, convaincus que Filifof était devenu complètement fou.

Ils arrivèrent tous les trois avec une heure d'avance aux portes de la ville. Là, les prétendants recevaient chacun un numéro et on les mettait en rang six par six, si serrés qu'ils ne pouvaient remuer les bras. Tous les autres habitants du pays se tenaient autour du château, juste devant les fenêtres, pour voir la princesse Ilsem recevoir les prétendants...

— Hé! s'exclama Melsi. «Ilsem», c'est mon nom à l'envers!

— C'est seulement maintenant que tu t'en rends compte? Maintenant, cesse de m'interrompre, sinon je vais m'embrouiller. Je disais donc que...

...les prétendants entraient chacun leur tour dans la salle d'audience. Or la princesse Ilsem était si belle qu'ils en perdaient la parole.

«Bon à rien», disait alors la princesse Ilsem, «sortez!»

Vint le tour du frère qui connaissait toutes les lois du royaume. Ça ne se passa pas comme il l'avait prévu. Premièrement, la beauté de la princesse l'étourdit. Deuxièmement, derrière la princesse, trois préceptrices le regardaient d'un air sévère. Troisièmement, un nain muni d'un porte-voix répétait par une fenêtre ouverte tout ce qui se disait, pour que le peuple ne manque rien. Quatrièmement, dans le foyer brûlait un feu énorme.

«Quelle chaleur!» dit le premier des frères.

«C'est parce qu'aujourd'hui mon père rôtit des poulets», dit la princesse.

Euh! Le premier frère ne s'attendait pas à ça. Il aurait voulu démontrer à la princesse son érudition, mais il n'arrivait pas à se rappeler un seul article de loi régissant la cuisson des poulets!

«Bon à rien. Sortez!»

Le frère qui connaissait sept langues entra ensuite.

«Il fait terriblement chaud ici.»

«Oui, nous rôtissons des poulets aujourd'hui.»

Il fut si désarçonné que les sept langues se mêlèrent dans son esprit: «Bèh euh... Bèh... Des pou... Euh...» Sur le bord de la fenêtre, le nain répétait à toute voix: «Bèh euh! Bèh! Des pou! Euh!»

«Bon à rien. Sortez!»

Ce fut le tour de Filifof le Niais. Il entra sur son bouc jusqu'au milieu de la salle.

«Holà! Quel bon feu! Ça tombe bien, je pourrai sans doute faire rôtir ma corneille.»

«Bien sûr», dit la princesse, «mais as-tu quelque chose pour la faire rôtir, car nous n'avons plus ni pot ni poêle.» Filifof montra son casque tout cabossé: «Ne vous en faites pas, j'ai ce qu'il me faut.»

«Voilà tout un repas, mais où prendrons-nous la sauce?»

«Dans ma poche», dit Filifof, et il fit couler un peu de boue. «Tu me plais», dit la princesse Ilsem. «Mais je ne peux pas t'épouser, tu n'es qu'un grossier paysan. Chaque mot que nous disons est répété au-delà de la fenêtre, si je te donne ma main, je serai la risée du royaume entier.»

«Je vois qu'il faut que je m'en mêle», dit Filifof. Il retourna sa poche et lança de la boue aux trois préceptrices. Avec le reste de la boue, il boucha le porte-voix et poussa le nain par la fenêtre. «Ça, c'est du beau travail», dit Ilsem. «Tu as réponse à tout, et je te veux pour époux.»

— Et c'est ainsi que Filifof le Niais devint roi, conclut Barrad. Il eut une reine, une couronne et un trône, bref, tout ce qu'un roi peut désirer. Il était reconnu pour avoir réponse à tout, mais l'histoire ne dit pas si ces réponses étaient toujours bien appréciées.

Melsi applaudit en riant.

— Vive Filifof! Encore une histoire, s'il vous plaît.

Paillette et Charbon en était tout étonnés.

— *C'est la première fois qu'elle rit depuis que nous sommes prisonniers*, dit Charbon.

— *Oh, que je suis soulagée*, dit Paillette. *Je croyais qu'elle allait mourir de chagrin. Ce Barrad n'a pas que des défauts, finalement.*

—*Moi, il me faudra plus d'une historiette pour que je change d'idée à son sujet*, répondit Charbon, méfiant.

— Une autre histoire? fit Barrad. (Il faisait mine de se faire tirer l'oreille, mais même Melsi s'apercevait qu'il ne faisait ça que pour la taquiner.) D'accord, mais ce sera la dernière. Quel genre d'histoire? Encore une histoire de princesse?

— Non, une histoire d'animaux!

Barrad se gratta encore la barbe, puis ses sourcils se dressèrent.

— Je connais une bonne histoire d'animaux. Elle s'intitule: *L'honneur des asticots.*

— Qu'est-ce que c'est, un asticot?

— Tu sais bien, une larve de mouche, ces petits vers blancs qui grouillent sur la charogne.

— Beeerk! protesta Melsi. Je n'aime pas ce genre d'histoire!

— Tu voulais une histoire d'animaux, je te raconte une histoire d'animaux.

— Pas ce genre d'animaux. Les vers, c'est dégoûtant! Je veux une histoire de chien ou de furet.

— Oh, mais dans cette histoire il y a également des chiens et des furets.

Boudeuse, Melsi fit signe à Barrad de commencer son histoire. Barrad raconta donc:

L'honneur des asticots

Ce n'est pas étonnant que tu n'aimes pas les asticots, Melsi. Depuis l'aube des temps, les asticots ont toujours été méprisés par les hommes et par les autres animaux. Or il advint un jour que le roi des asticots — car chez les asticots aussi il y a des paysans, des marchands, des rois et même des petites princesses asticots...

— Quelle horreur, grimaça Melsi.

Le roi des asticots convoqua un jour ses conseillers et leur demanda ce qu'il fallait faire pour changer cette déplorable réputation. Il fut décidé qu'une délégation de trois nobles asticots serait envoyée interroger les autres animaux pour comprendre ce qui pouvait bien causer tant de mépris et de dégoût.

Les trois nobles asticots allèrent d'abord voir le chien. C'était l'animal qu'ils connaissaient le mieux car les chiens aussi aiment la charogne. Ils demandèrent au chien ce qu'il faisait de ses journées. «Pas grand chose», avoua le chien. «Le matin, mon maître me nourrit. Je joue et je me dispute avec mes camarades. Je jappe quand je vois des étrangers. Quand je m'ennuie trop, je m'endors.»

«Mais, tu ne travailles pas?» s'étonnèrent les asticots. Car il te faut savoir que les asticots sont très travailleurs. Dès qu'il se sont mis dans une carcasse, ils n'arrêtent pas une minute tant que la carcasse n'a pas été toute dévorée. Pour les asticots, l'idée qu'on puisse nourrir un animal pour le plaisir de sa seule compagnie les dépassait complètement.

Le chien protesta: «Pour sûr que je travaille! Je suis un chien de chasse, moi! Une fois la semaine, mon maître nous libère et nous amène dans les bois, mes compagnons et moi. Là, nous débusquons un renard, nous le traquons et l'étranglons. C'est la partie amusante de notre travail.»

«Ce n'est pas dangereux?» demandèrent les asticots. Le chien jappa de rire: «Dangereux? Allons donc! Nous sommes une centaine contre un seul petit renard!»

Un peu perplexe, les nobles asticots rencontrèrent ensuite le furet, et lui demandèrent ce qu'il faisait. «Pas grand-chose», dit le furet. «Je joue avec ma maîtresse, je fouille partout, je déchire le bas des robes, je me bagarre avec les chats et je courtise les furettes. Mais la plupart du temps, je dors.»

«Mais, vous ne travaillez pas?»

«Bien sûr! Je chasse les rats et les souris.»

«Ce n'est pas dangereux?»

Le furet gloussa de rire: «Dangereux? Allons donc! Regardez comme mes crocs sont pointus.»

Les nobles asticots ressortirent de leur visite au furet encore plus perplexes qu'à leur visite au chien. Ils décidèrent d'en avoir le cœur net et firent un long voyage pour aller voir le roi des animaux: le lion.

— Qu'est-ce que c'est, un lion?

— C'est un genre de gros chat qui vit très loin au sud de Contremont. Son pelage est jaune et une épaisse couronne de poil lui entoure la tête.

Au bout d'un long chemin semé d'embûches, les asticots arrivèrent dans le royaume du lion et sollicitèrent un entretien. Le lion les reçut, un peu endormi, car les asticots l'avaient réveillé. Ceux-ci demandèrent au lion quelles étaient les activités de sa journée. Le lion bâilla, puis se passa la langue sur les babines. «Je ne fais rien, sinon dormir et manger.»

«Mais que mangez-vous, si vous ne chassez pas?»

«Les lionnes chassent, elles», expliqua le lion en réprimant un bâillement.

«Je comprends. Après avoir mangé, les lionnes vous apportent les restes.» Le lion rugit de rire: «D'où sortez-vous donc? Croyez-vous que le roi des animaux se contente de restes? Bien sûr que non. Je suis le premier à me servir des proies, les lionnes se partagent ce que je daigne bien leur laisser.»

Pendant leur long voyage de retour, les asticots eurent le loisir de réfléchir à tout ce que leur avaient dit le chien, le furet et le lion. Un des asticots les plus perspicaces conclut que l'admiration ou le mépris n'était qu'une question de poil.

«De tous les animaux interrogés, c'est le roi des animaux qui possède la plus belle crinière», expliqua le docte asticot. «Le furet aussi possède une belle fourrure, mais son poil est plus court, il est donc obligé de pourvoir lui-même à sa nourriture. Quant au chien, à cause de son poil ras, il est attaché dans un chenil et reçoit à l'occasion la botte de son maître. Mes frères, regardons-nous: nous sommes blanchâtres et sans poil, faut-il s'étonner que l'on nous méprise?»

«Je ne suis pas d'accord», objecta un de ses compagnons. «L'honneur est tout simplement une question de taille. Le lion est énorme: il est

normal qu'on lui serve sa nourriture à sa couche. Le chien, moins grand, est nourri de la main de son maître, mais comme l'a fait remarquer mon docte compagnon, il est confiné à une cage. Quand au furet, sa petite taille ne lui donne droit qu'à bien peu de respect : il est obligé de se nourrir lui-même et pas grand monde ne s'occupe de lui. Alors vous comprenez qu'étant si petits, nous ne pouvons qu'être méprisables ».

Les asticots arrivèrent enfin au palais. Ils relatèrent fidèlement au roi des asticots toutes leurs aventures, et lui firent même part de leurs conclusions. Le roi médita quelques instants et se leva de son trône, quémandant le silence.

« Mes braves et loyaux sujets, l'honneur n'est ni une question de poil ni de taille. Votre quête aurait pourtant dû vous ouvrir les yeux : l'honneur n'est que le contraire de l'utilité. On ne fait pas grand cas du furet, qui est un animal utile car il empêche les rats et les souris de dévorer les récoltes. Le chien, qui n'a d'autre utilité que de tenir compagnie aux hommes, est déjà beaucoup plus apprécié. Quand au lion, qui ne fait rien du matin au soir, on le déclare roi des animaux. Ainsi en est-il dans le royaume des hommes, où l'on adule le roi et le noble, qui au mieux ne font rien de bien utile, et au pire dilapident le trésor public dans des guerres ruineuses; alors que l'on n'a que mépris pour l'ouvrier et le paysan, qui construisent le pays et nourrissent le peuple. Voilà pourquoi nous sommes tant méprisés, nous les asticots, nous les charognards. Nous faisons

un travail que personne d'autre ne veut faire: débarrasser les vivants des morts.»

Et c'est ainsi que les asticots cessèrent de se lamenter sur leur manque d'honneur, et se consacrèrent avec une énergie renouvelée à la tâche que les dieux leur avaient dévolue.

— C'est fini? demanda Melsi, un peu sceptique.

— Eh oui. Cette histoire-là finit comme ça.

— J'ai préféré l'histoire de Filifof.

— De toute façon, les histoires sont terminées pour ce soir. Allez maintenant, couche toi et dors.

Barrad souleva son énorme carcasse et marcha vers la porte. Avant de sortir, il se retourna vers Melsi. La princesse n'avait pas bougé, petite silhouette pâle presque invisible dans la pénombre de la chambre. Barrad fit un geste vif vers le lit. Melsi se dépêcha de se glisser sous ses couvertures. Il quitta la chambre.

— Bonne nuit, Barrad, dit Melsi juste avant que le géant ne referme la porte.

Elle avait eu l'impression que Barrad avait maugréé «Bonne nuit», mais la porte avait grincé au même moment et elle n'en était pas sûre.

8

Retour à Priscantines

Le croissant de lune luisait depuis longtemps quand Nestorien et ses compagnons atteignirent les remparts de Priscantines. Ils se heurtèrent à une haute porte fermée, à peine éclairée par la lumière jaunâtre d'une torche. Une silhouette apparut tout en haut du rempart. La lueur argentée de la lune se refléta sur un casque et une cotte de maille. Le garde demanda aux voyageurs de s'identifier. D'une voix lasse, Sirokin expliqua qu'ils étaient des voyageurs affamés, épuisés et blessés.

Le garde parlementa avec ses compagnons. Au bout de longues minutes d'attente, la lourde porte s'entrouvrit et on les laissa entrer un par un. Nestorien et ses compagnons se retrouvèrent entourés d'une demi-douzaine de gardes méfiants. On leur demanda de descendre de cheval. Il fallut de nouveau aider Matolch. Sirokin s'impatienta : il fallait vite trouver un médecin.

— Personne ne va nulle part sans l'autorisation du capitaine, expliqua un garde.

— Et où est-il, ce capitaine?

— Il arrive, ne vous impatientez pas.

Un garde approcha une torche pour mieux voir les visages des voyageurs. Son regard lourd de méfiance étudia brièvement Nestorien et Fafaro. Il fit signe à Diarmuid de s'approcher: en effet, Sirokin avait dissimulé les cheveux de Diarmuid sous un capuchon et l'avait maintenue à l'arrière pendant qu'il parlementait. Avant même que Sirokin ait pu s'interposer, Diarmuid s'approcha, avec ce mélange d'obéissance et d'indifférence qui lui était coutumier.

Le garde sourit.

— Allons, ne sois pas timide, je veux simplement te voir un peu mieux.

Il rabattit le capuchon de Diarmuid... Il recula, son sourire transformé en une grimace de stupéfaction.

— Sorcellerie! Une femelle sylvaneau!

Les autres gardes reculèrent de deux pas, brandissant leur épée dans un tintement métallique. Ils s'exclamaient «Une femelle sylvaneau! Une femelle sylvaneau!» sur un ton qui allait de la stupéfaction à l'horreur.

— Fous! Comment osez-vous emmener une de ces créatures ici?

— Ne la regarde pas! hurla un autre. Elle va t'ensorceler et boire ton sang!

— Calmez-vous donc! protesta Sirokin. Cette créature est parfaitement inoffensive...

— Il faut la tuer! rétorqua un des gardes. Il faut lui couper la tête et la faire brûler!

— Qu'est-ce qui se passe, ici?

Le garde qui venait de parler s'avança dans le

cercle de lumière. À son uniforme, Nestorien devina qu'il s'agissait du capitaine. Un de ses hommes lui résuma brièvement la situation. L'officier s'avança vers Diarmuid, l'air sévère mais sans manifester la moindre crainte. Il étudia le mince visage.

— Ne la regardez pas dans les yeux, capitaine! C'est une sorcière et une buveuse de sang!

Le capitaine se retourna vers le garde avec une grimace d'indicible mépris.

— Imbécile! Tu crois donc toutes ces légendes de paysans ignares?

Le capitaine toisa de nouveau Diarmuid.

— Et tout d'abord: es-tu bien une sylvanelle, ou une étrangère à la peau claire?

— Je suis une sylvanelle.

Quelques gardes hoquetèrent d'horreur. Le capitaine les fit taire, impatient. S'adressant ensuite à Sirokin, il exigea des explications. Sirokin désigna Matolch qui tenait à peine debout.

— Cet homme est blessé. Trouvez-nous un médecin et ensuite je répondrai à toutes vos questions.

Le capitaine plissa ses yeux encore rouges de sommeil. Il ordonna à deux gardes de soutenir Matolch. En prenant bien soin de ne pas passer trop près de la sylvanelle, les deux hommes obéirent.

Entourés par les gardes, Nestorien et ses compagnons suivirent le capitaine le long des rues sombres et désertes de Priscantines. Ils aboutirent devant une maison de pierre plus cossue que ses voisines. Il fallut frapper à plusieurs reprises pour réveiller les occupants. Un petit homme grassouillet vint répondre : c'était le médecin. Après les premières secondes de circonspection, il fit entrer les visiteurs. Mille odeurs inconnues assaillirent Nestorien. Le médecin ordonna à Matolch de s'allonger sur un lit. Il examina avec soin les jambes enflées, l'air mécontent. Il nettoya les plaies, les badigeonna d'un onguent et les pansa soigneusement. Il prépara ensuite une tisane d'écorces odorantes, y ajouta quelques poudres et la fit boire à Matolch. Par l'effet de la tisane, ou simplement à cause de l'épuisement, le vétéran s'endormit aussitôt.

— Il est d'une résistance exceptionnelle, constata le médecin. Mais il est hors de question qu'il poursuive son voyage. Il lui faut des soins et surtout beaucoup de repos.

Le capitaine de la garde s'approcha de Sirokin.

— Ne vous inquiétez pas pour votre compagnon. Nous nous occuperons de lui. Quant à vous tous, je vous prie de me suivre jusqu'au poste de garde, vous ne m'avez toujours pas expliqué ce que cette... cette créature fait en votre compagnie.

Toujours escortés par les gardes, ils rebroussèrent chemin jusqu'au poste. Nestorien, épuisé physiquement et mentalement, suivait ses compagnons dans un état de stupeur qui tenait plus du rêve que de l'éveil. Le capitaine — il s'appelait Aratio — fut courtois. Il ordonna que l'on apporte à manger et à boire à ses « prisonniers ». Une fois que ceux-ci furent restaurés, il commença à poser ses questions. Sirokin lui résuma leurs aventures et la provenance de Diarmuid. Comme lors de leur rencontre avec les Forestiers, il ne dévoila pas *pourquoi* Barrad exigeait qu'on lui livre un sylvaneau. Le capitaine Aratio écouta attentivement: son attitude sévère mais calme rassura Nestorien, surtout après les réactions hystériques des gardes et des habitants de Louchet.

Aratio interrogea ensuite Nestorien, qui n'avait rien à ajouter au témoignage de Sirokin. En étudiant Fafaro, le regard du capitaine se fit plus insistant.

— Qu'est-ce que tu fais parmi ces étrangers? Tu es une guide de Louchet, non?

Fafaro baissa la tête, son mince visage terriblement sérieux.

— La guide dont vous parlez est morte. Je suis née à nouveau. Je ne suis plus que Fafaro, fille de Nestorien.

Le capitaine Aratio gratta sa barbe clairsemée et resta un long moment à réfléchir, regardant tour à tour ses quatre prisonniers, s'attardant surtout sur Diarmuid. Il frotta ses yeux ensommeillés et poussa un long soupir.

— À ce que je sache, aucune loi n'interdit la présence d'une sylvanelle à Priscantines. Vous êtes donc libre de partir. Mais je constate que vous êtes fatigués: je vous offre de dormir en cellule. La paille est fraîche, vous y serez presque aussi confortable qu'à l'hostellerie. Et surtout, la sylvanelle y sera plus en sécurité... Demain, mes hommes vous escorteront jusqu'aux portes de la ville, si je réussis à en trouver de moins crétins qu'au poste de garde.

— Comment peut-on avoir peur d'une créature si fragile? s'indigna Nestorien.

Aratio haussa des épaules fatiguées.

— Une stupide légende. Ils croient que les sylvaneaux ensorcèlent les humains et boivent leur sang.

— Nous ne buvons pas de sang, expliqua Diarmuid de sa voix claire comme un tintement de clochette.

Elle parlait si rarement qu'à chaque fois Nestorien sursautait.

Aratio sourit tristement.

— Je le sais, Diarmuid. J'ai longtemps patrouillé les monts Fructice et au-delà, et j'ai à l'occasion rencontré des membres de ta race. Je sais que vous ne buvez pas de sang et que si vous ensorcelez les hommes, c'est par votre étrangeté et votre beauté, rien de plus. Je ne sais quel sort te réservent tes compagnons, mais il ne saurait être pire que celui de tomber aux mains des Forestiers. Les rares mâles sylvaneaux qui naissent sont systématiquement traqués et tués. Quant aux femelles, il n'est pas rare que les hommes les gardent pour leur plaisir. Jusqu'à ce qu'ils s'en lassent…

Diarmuid ne répondit rien. Aratio se secoua, comme pour se débarrasser de mauvais souvenirs.

— Assez parlé. Si vous acceptez mon offre, un des hommes ira vous mener en cellule.

— Nous acceptons, dit Sirokin. Merci.

Nestorien, Fafaro et Diarmuid suivirent un garde le long d'un étroit corridor de pierre. Sirokin viendrait les rejoindre plus tard, le capitaine Aratio voulait lui parler «seul à seul». La cellule était fraîche et humide, mais tout valait mieux que de dormir dans le vent glacial des monts Fructice. Nestorien s'inquiéta un peu pour son maître Sirokin: qu'est-ce que Aratio avait à lui révéler de si important? Mais le sommeil vint à bout de sa curiosité. Sans s'en rendre compte, il s'était endormi.

* * *

Très tôt le lendemain, Nestorien et ses compagnons furent réveillés et conduits jusqu'aux portes de Priscantines. Ainsi, songea Nestorien, il était venu deux fois dans la magnifique et légendaire Priscantines, et tout ce qu'il en avait connu se limitait à un restaurant, à la maison d'un médecin et à un cachot.

Avant de partir, ils s'étaient arrêtés chez le médecin pour s'informer de l'état de Matolch. Le médecin — qui avait veillé son patient toute la nuit — les avait rassurés: le pire était passé, le solide vétéran s'en tirerait.

— Venez maintenant, avait dit Aratio. La présence de la sylvanelle doit être connue de toutes les commères de la ville. Plus vite vous serez parti, moins vous aurez d'ennui.

Nestorien avait failli émettre un commentaire désobligeant sur la bêtise des habitants de Priscantines, mais il s'était rappelé à quel sort eux-mêmes destinaient Diarmuid et avait préféré se taire.

Le soleil se levait quand ils passèrent la porte menant à la route de l'est. Ils saluèrent et remercièrent le capitaine Aratio, puis se mirent en route. Le soleil monta, les nuages roses devinrent blancs, la mer de Fructice scintilla, la gelée qui s'était glissée dans les creux de la plaine disparut. L'air vif se réchauffa.

Quel plaisir de chevaucher à nouveau, songea Nestorien. Mais il n'arrivait pas à ressentir de véritable joie. À mesure qu'il se rapprochait de Contremont, des remords l'obsédaient de plus en plus : il n'arrivait pas à croire qu'ils allaient réellement livrer Diarmuid à Barrad. Il jeta un coup d'œil à la sylvanelle, toujours en selle derrière Sirokin. Maintenant qu'ils avaient quitté les zones habitées, elle s'était débarrassée de son capuchon. Ses cheveux — d'une blancheur aveuglante sous le soleil — flottaient librement dans le vent matinal. Son regard vert pâle ne quittait pas l'horizon brumeux de la mer de Fructice et Nestorien aurait juré qu'un sourire paisible soulevait ses lèvres blanches.

— Vous êtes bien songeur, père.

Nestorien lança un regard irrité à Fafaro qui s'était approchée.

— Arrête de m'appeler père. J'ai assez d'ennuis comme ça sans t'avoir constamment sur mon dos!

Fafaro ne répondit pas. Elle regarda droit devant elle, feignant l'indifférence, mais deux larmes roulèrent sur ses joues. Pour Nestorien, ce fut comme si quelque chose se brisait en lui. Il sentit lui aussi qu'il était au bord des larmes. Il serra les dents à en avoir mal.

— Maître! cria-t-il d'une voix enrouée.

Il lança son cheval pour rattraper Sirokin.

— Maître! Arrêtez!

Sirokin ordonna à son cheval d'arrêter et se tourna vers Nestorien, les sourcils froncés. Nestorien s'arrêta à bonne distance. Il avait peur de ce qu'il allait dire, aussi lui fallait-il le dire d'une voix forte, le crier même, comme on laisse son cœur crier sa détresse. Et pour que Fafaro entende, et Diarmuid aussi. Qu'elles sachent la vérité.

— Qu'y a-t-il, Nestorien? demanda Sirokin d'une voix blanche, comme s'il savait trop bien ce qui allait suivre.

— Maître... C'est assez, le cœur me brise, je n'en peux plus... Je refuse d'amener Diarmuid plus loin. Je... Je refuse que nous la livrions à Barrad!

Il s'était attendu à ce que son maître s'offusque, se fâche, qu'il lui demande «Es-tu devenu fou?», qu'il le rabroue et lui ordonne de se tenir tranquille. Mais aucune expression ne vint troubler son visage. D'une voix raisonnable, abominablement raisonnable, il répondit à Nestorien:

— C'est pour sauver le roi, l'as-tu donc oublié?

— Tuer une créature innocente pour en sauver une autre? Est-ce donc si noble? Est-ce donc si juste?

— C'est un peu tard pour avoir des scrupules, Nestorien.

— Il ne sera trop tard que lorsque Diarmuid sera entre les mains de Barrad!

— La vie du roi ne vaut-elle pas plus que celle d'une créature non-humaine?

— Non!

Horrifié par ce qu'il venait de dire, Nestorien fit un geste qui l'horrifia plus encore: il dégaina la courte épée que lui avait donné Matolch et la souleva vers son maître. La pointe de l'épée tressaillait, il avait l'impression d'avoir le bras en coton.

— Père! Que faites-vous? s'exclama Fafaro.

— Je veux qu'on libère Diarmuid. Je me battrai s'il le faut. Tu ne t'es donc pas demandée ce qu'un ogre pouvait bien vouloir faire d'une sylvanelle?

Fafaro ne répondit pas: visiblement oui, elle se l'était demandée. Nestorien fixa Diarmuid, le regard exorbité.

— Il veut te dévorer! C'est la mort qui t'attend au bout de la route! Comprends-tu?

— Je comprends, répondit posément Diarmuid. Elle détourna le regard vers la mer, désintéressée par le reste de la conversation.

Sirokin, son visage presque aussi impassible que celui de la sylvanelle, leva la main vers l'épée dressée.

— Range cette arme, mon fils. Ce n'est pas nécessaire.

Après une hésitation, Nestorien remit maladroitement l'épée dans son fourreau.

— Jusqu'ici j'ai pu contraindre mon esprit, poursuivit Sirokin avec un sourire triste, mais mon cœur se rebellait de plus en plus, surtout après ma conversation avec Aratio. Ton cœur est jeune et droit, Nestorien, et t'a donné raison. Nous ne pouvons pas livrer Diarmuid à Barrad.

La révolte qui grondait dans Nestorien s'évanouit d'un coup. Il resta figé là, muet, la tête légère.

— Alors, qu'allez-vous en faire? demanda Fafaro. L'abandonner ici?

— Sûrement pas, répondit Sirokin. Nous sommes encore en territoire musaphe, les paysans risqueraient de lui faire un mauvais parti. Non, nous poursuivrons notre route, nous allons l'emmener à Contremont et évaluer la situation là-bas. Qui sait? Peut-être que la colère de Barrad s'est atténuée et qu'il est retourné de lui-même dans son antre.

— Ce serait trop simple, fit Nestorien, sceptique.

— On ne sait jamais comment les choses peuvent tourner, dit Sirokin. Parfois elles se simplifient, parfois elles se compliquent. Maintenant, allons-y! Nous avons une semaine de chevauchée pour décider de la conduite à venir.

Il fouetta les flancs de sa monture. Son cheval hennit et s'élança. Nestorien, Fafaro et le cheval de Jirjory suivirent. Dans un tonnerre de sabots, ils passèrent le pont de la rivière Utacque, et galopèrent longtemps encore.

9
Un accueil inattendu

Six jours plus tard, au milieu de la prairie séparant la forêt des Bedouaults de la forêt des Fouquets, quatre chevaux las avançaient le long de la vieille route de l'est. Leurs cavaliers n'avaient pas meilleure mine : cheveux raides de poussière, visage amaigri et vêtements sales.

Sirokin donna une claque amicale sur l'encolure de sa monture.

— Un petit effort, nous sommes à moins d'une lieue de Cribouc.

— Aaah... Boire, manger, dormir, soupira Fafaro.

Nestorien réussit à sourire : Fafaro avait résumé de façon bien succincte les désirs de tout le monde. De tout le monde, sauf... Nestorien se tourna vers Diarmuid : comment deviner les désirs qui pouvaient bien lui troubler l'âme — si désirs il y avait? Avec son visage et ses cheveux gris de poussière, la sylvanelle ressemblait plus que jamais à une humaine. Si ce n'avait été de ses yeux... Elle montait le cheval qui avait appartenu à Jirjory. Comme elle semblait tout apprendre à une vitesse déconcertante, on lui avait également appris à monter. Sa relation avec le cheval de Jirjory semblait instinctive: sans un mot, avec simplement quelques gestes, le fringuant étalon lui obéissait avec la docilité d'une bonne jument.

Arrivés en haut d'une douce colline, les quatre voyageurs aperçurent avec joie et soulagement un petit village niché dans un écrin de champs cultivés: Cribouc. Nestorien remarqua qu'un homme assis à l'entrée du village s'était levé en les apercevant et s'était précipité en courant vers l'auberge. Il eut l'impression que l'homme en question portait l'uniforme des soldats de Contremont, mais peut-être que la distance lui jouait des tours. Il mentionna tout de même le fait à maître Sirokin, mais celui-ci n'avait plus les yeux de sa jeunesse et n'avait même pas remarqué l'homme en question.

Ils continuèrent d'avancer. La journée tirait à sa fin et ils avaient tous hâte de déguster un repas chaud et de goûter le confort d'un bon lit. Nestorien rêvait tout éveillé à des enfilades de saucisses, d'énormes tranches de gigot, des pyramides de volailles rôties, des gâteaux croulants de fruits et de crème. Un souvenir de tartelettes aux framboises fut si vivace qu'il en sentit l'odeur. Il se revit en train de chaparder des tartelettes dans le fournil du château de Contremont. Il sourit, comme au souvenir d'une frasque d'enfance. Ça s'était passé moins de trois semaines plus tôt, mais pour Nestorien ce genre de comportement ne lui paraissait déjà plus de son âge.

De l'écurie attenante à l'auberge, cinq cavaliers émergèrent avec fracas et s'élancèrent à grand galop dans leur direction. Même Sirokin ne tarda pas à reconnaître la livrée des soldats de Contremont.

— Que nous veulent-ils? s'inquiéta Fafaro.

— N'aie pas peur! s'écria Nestorien. Ce sont des soldats de Contremont! Ce sont les nôtres!

Dans un vacarme de sabots, les cinq cavaliers s'arrêtèrent face aux voyageurs. L'officier le plus haut gradé — son visage sans grâce était cuivré comme s'il était musaphe — salua Sirokin avec empressement et déférence.

— Maître Sirokin! Quelle soulagement de vous savoir sain et sauf!

— Lieutenant Carazo? demanda Sirokin sur un ton méfiant qui surprit Nestorien. Que faites-vous si loin de Contremont?

— N'est-ce pas évident? répondit Carazo, étonné. J'ai été envoyé à votre recherche. Le temps nous est compté!

Carazo fit avancer sa monture près de Fafaro et Diarmuid. Son regard noir étudia les deux cavalières des pieds à la tête. Fafaro souleva le nez, défiante; Diarmuid regardait ailleurs.

— Qu'est-il arrivé aux capitaines Matolch, Grabist et Jirjory? Qui sont ces jeunes femmes?

— Grabist et Jirjory sont morts. Matolch soigne ses blessures à Priscantines. Quant à ces jeunes femmes...

Sirokin se tut. Le lieutenant Carazo écoutait à peine, de toute façon. Il s'approcha de Fafaro.

— Tu es une Musaphe.

— Vous aussi.

Carazo ignora l'impertinence. Il s'approcha de Diarmuid. La sylvanelle, distraite par un vol d'oies sauvages, ne le regardait même pas. Carazo enleva un de ses gants. Il attrapa doucement une longue mèche de cheveux poussiéreux. Sous ses doigts la poussière tomba, révélant des cheveux parfaitement blancs. Diarmuid plongea son regard blanc-vert dans les yeux de Carazo. Le lieutenant retira sa main comme s'il s'était brûlé.

— Une femelle sylvaneau!

— Je m'appelle Diarmuid.

— Vous avez donc réussi! s'exclama Carazo, incrédule.

— Oui, nous avons réussi, Sirokin. Et nous nous rendons maintenant à Contremont pour la livrer à Barrad. (Sirokin lança à Nestorien un regard en coin qui signifiait «Ne dis rien.») Mais nous ne pouvons plus continuer aujourd'hui, nos chevaux sont épuisés. Nous tiendrez-vous compagnie à l'auberge de Cribouc?

Carazo hocha vivement la tête.

— Maître, un tel délai est impensable. Je le répète: Barrad s'impatiente. Chaque jour, chaque heure nous est comptée. Remettez-nous cette femelle sylvaneau. Nous allons l'emmener immédiatement à Contremont.

— Il n'en est pas question! protesta Nestorien.

Sirokin fit signe à Nestorien de se taire. Il toisa Carazo, hautain et glacial.

— Nous avons escorté Diarmuid jusqu'ici, nous sommes bien capables de terminer la route.

— Alors venez avec nous, je n'y vois pas d'inconvénient. Mais je vous préviens, nous partons tout de suite!

— Vous voyez très bien que nos chevaux sont épuisés. Nous devons nous reposer.

Carazo serra les dents.

— Chaque heure de retard risque de causer la mort de la princesse!

— La princesse Melsi est aussi en danger? s'étonna Nestorien.

— Oui, le roi est libre et c'est maintenant la princesse qui est prisonnière de l'ogre, expliqua Carazo à Nestorien et à Sirokin médusés. Mais assez parlé et assez perdu de temps. Livrez-moi la femelle sylvaneau, par ordre du roi!

— Tu n'as pas d'ordres à me donner, soldat, répondit Sirokin.

Le visage sombre du lieutenant Carazo s'assombrit davantage. Entre ses dents, il siffla:

— En garde!

Avec des frottements clairs de métal contre le fourreau, cinq épées furent dégainées. Avant même que Nestorien ou Fafaro n'osent dégainer à leur tour, la longue épée de Carazo fut pointée si près du visage de Sirokin que sa respiration se condensait sur la pointe d'acier poli. Les deux hommes se toisèrent avec une colère à peine contenue. Sans quitter le conseiller du regard, Carazo ordonna à un de ses hommes de s'emparer de «la créature». Un des cavaliers galopa et attrapa Diarmuid à la volée. La sylvanelle poussa un petit cri aigu.

— Ne lui faites pas mal! cria Nestorien.

Le soldat retournait déjà derrière Carazo. Il avait l'air un peu perplexe: il s'était sans doute attendu à ce que la sylvanelle griffe et se débatte. Or elle demeurait amorphe comme une poupée de chiffon. Avec des gestes un peu maladroits, le soldat permit à Diarmuid de s'asseoir dans une position plus confortable.

Carazo rengaina son épée et recula vers ses hommes. Nestorien aurait juré que le lieutenant évitait de trop s'approcher de la sylvanelle, qu'il évitait même de la regarder. Carazo fit un geste. Dans un nuage de poussière et de rocaille, les cinq cavaliers repartirent, traversèrent Cribouc au grand galop et disparurent dans un affaissement du terrain. On put suivre encore longtemps le trajet de leur course par le nuage de poussière qu'ils soulevaient, puis même cela disparut.

Pendant longtemps, Sirokin et Nestorien contemplèrent la route de l'est maintenant déserte.

— Père, que faisons-nous maintenant?

Nestorien regarda Fafaro, hagard, comme si c'était la première fois qu'il la voyait de sa vie. Sirokin se secoua: il posa sur ses deux jeunes compagnons un regard lourd de fatigue et de détermination.

— Ce que nous allons faire? Boire, manger et dormir — il le faut. Profitons-en, demain nous devrons nous lever tôt. Très tôt.

Il posa la main sur l'épaule de Nestorien.

— Allons, fiston. Nous n'arriverons qu'avec une journée de retard. Ce ne sera peut-être pas trop tard.

— Vous avez sans doute raison, acquiesça Nestorien à contrecœur.

— Courage, père, dit Fafaro. N'oubliez pas que vous pouvez compter sur moi.

Nestorien eut quand même la force de sourire : l'enthousiasme forcé de la jeune Musaphe lui faisait chaud au cœur.

— Je ne l'oublie pas, Fafaro. Merci.

L'échine courbée, les chevaux marchèrent d'un pas lent vers l'auberge de Cribouc.

10
Entente secrète

L'après-midi avait été très ensoleillé et Melsi avait rêvassé plusieurs heures en contemplant la ville de Contremont. Quelques habitants de Contremont l'avaient aperçue penchée à la fenêtre de la chambre du roi et l'avaient saluée. Melsi avait répondu à leur salut, mais en silence — à cause de Barrad. Maintenant, même quand Melsi pleurait d'ennui, elle le faisait en silence. Mais elle pleurait de moins en moins.

Au fil des jours, une relation presque cordiale s'était instaurée entre elle et Barrad. Elle restait seule presque toute la journée dans la chambre de son père. Le géant continuait de lui apporter ses repas — en n'oubliant pas le lait pour les furets — et ne s'occupait un peu d'elle que le soir, quand il venait lui raconter une histoire. Les histoires de Barrad étaient souvent bien amusantes, parfois fort étranges, effrayantes à l'occasion, parlant de lieux et d'époques révolues, d'un temps où les gens ne pensaient qu'à se faire la guerre. La princesse Melsi aimait ces rencontres, même si Barrad était grognon et sentait mauvais.

Des nuages floconneux escamotèrent le soleil et il fit soudain moins chaud. Melsi s'étira. Blottie sur son épaule, Paillette se réveilla en baillant de tous ses petits crocs. Melsi regarda sur son lit défait à la recherche de la petite boule de poil noir de Charbon. Celui-ci avait disparu.

Melsi fronça les sourcils: ce n'était pas la première fois que Charbon disparaissait ainsi. Cette fois encore elle le chercha: sous le lit, dans les tiroirs des meubles, derrière le miroir.

— Charbon! Charbon!

Paillette aussi cherchait et reniflait.

— *Quel mauvais coup est-il encore en train de préparer, celui-là?*

Derrière elle, Melsi entendit des grattements sur le plancher. Elle se retourna. Charbon avançait vers elle en gambadant joyeusement, les moustaches toutes poussiéreuses. La princesse souleva le gros furet noir en le disputant gentiment.

— Où étais-tu encore passé, garnement?

— *C'est vrai ça,* renchérit Paillette. *Tu nous inquiètes toutes les deux avec tes disparitions.*

— *Holà!* protesta Charbon. *J'ai bien le droit d'explorer un peu, non? Je commence à m'ennuyer, moi, enfermé toute la journée.*

— *Mais par où disparais-tu comme ça?*

— *C'est pas de tes oignons!*

— *Tu n'es qu'un goujat!*

— *Et toi, tu n'es qu'une fouine trop curieuse!*

Son museau rose frémissant de colère, Paillette sauta sur Charbon. Les deux furets se battirent jusqu'à ce que Melsi les sépare.

— Mais qu'est-ce qui vous prend, tous les deux? Méchants! Méchants furets!

Paillette et Charbon contemplèrent piteusement Melsi.

— *Pardonne-moi,* parut dire Paillette. *Je ne sais pas ce qui m'a pris.*

— *Excuse-moi, Melsi,* sembla dire Charbon. *J'essaierai d'être un peu plus sage à l'avenir.*

Melsi serra ses deux furets contre sa poitrine. Pendant de longues secondes, elle crut qu'elle allait se remettre à pleurer. Mais elle réussit à contenir ses larmes. Elle amena Paillette et Charbon sur le lit en leur ordonnant de rester tranquilles: Barrad allait bientôt lui apporter son goûter et elle ne voulait pas que ce balourd de géant leur marche dessus.

* * *

Ferodelis, chef des armées de Contremont, longeait les étroits corridors de pierre des vieilles fondations. Les soldats qu'il rencontrait le saluaient, Ferodelis ne répondait pas, distrait. Il monta jusqu'à ses appartements. Par les étroites fenêtres, le ciel du soir tournait lentement au violet. Un serviteur vint allumer les lampes de son bureau. Une lumière jaune donna un peu de vie aux murs de pierre et aux draperies sombres. Le serviteur partit. Ferodelis resta seul.

Le ciel violet s'assombrit, devint noir. Les étoiles brillèrent. Un cuisinier se présenta pour préparer le souper. Ferodelis le renvoya: il n'avait pas faim. Quelques minutes plus tard, on frappa de nouveau à sa porte.

— Je ne veux pas être dérangé, s'impatienta le chef des armées.

Malgré l'ordre, la porte s'ouvrit. C'était le lieutenant Carazo, essoufflé et poussiéreux. Ferodelis bondit vers son lieutenant.

— Carazo! Fidèle Carazo! Ferme la porte et raconte-moi vite!

En quelques phrases rapides, Carazo relata à son chef sa longue attente à l'auberge de Cribouc, sa rencontre avec Sirokin et la capture de Diarmuid.

— C'est une sylvanelle, expliqua Carazo d'une voix rauque. Une femelle sylvaneau!

Ferodelis frappa ses deux poings l'un contre l'autre comme un enfant qui n'arrive plus à contenir son excitation.

— Où est-elle?

— Ici... Dans le cachot que nous avions préparé. Nous sommes arrivés il y a plusieurs heures, mais j'ai attendu la nuit pour passer les remparts. Je ne voulais pas que l'on aperçoive la sylvanelle.

— Et Sirokin?

— Ils n'ont pas pu nous suivre, leurs chevaux étaient trop fatigués.

— Il est encore en vie? s'étonna Ferodelis.

Carazo ne répondit pas immédiatement.

— Vous ne m'aviez pas ordonné de... de m'occuper de maître Sirokin.

— Damnation! N'était-ce pas évident? Cet

oiseau de malheur va être ici dans deux jours, peut-être moins.

— Il fallait être plus clair, protesta Carazo d'une voix sourde.

— Tant pis! fit Ferodelis, trop énervé pour perdre son temps en dispute. Deux jours: nous avons tout notre temps. Vite, allons voir cette fameuse créature.

Ferodelis suivit Carazo jusqu'aux anciens cachots. Dans le couloir s'entassait le vieil équipement de campagne rouillé et presque inutilisable qui avait été retiré des cachots. Face à la plus lointaine des cellules, trois soldats fidèles à Ferodelis montaient la garde. Ils saluèrent leur chef. Ferodelis s'avança et contempla la mince silhouette assise en tailleur sur la paille.

— Damnation, qu'elle est belle... ne put-il s'empêcher de souffler.

— Pourquoi m'avez-vous enfermée? demanda Diarmuid.

Ferodelis recula comme si on l'avait piqué.

— Hum, fit Carazo. Ah oui, j'avais oublié de vous avertir: elle parle, en plus.

Ferodelis recula lentement et s'éloigna d'un pas lent dans le corridor. Carazo le rejoignit.

— Un problème, chef?

— Non... C'est juste que... L'étrange beauté de cette... sylvanelle m'a troublé. Ce satané Sirokin n'aurait pas pu ramener un mâle, ma tâche aurait été plus facile.

— Qu'allez-vous en faire, chef?

— Allons, Carazo. Ne me fais pas parler pour

rien. Tu as parfaitement deviné ce que je vais en faire.

Carazo ne répondit pas; son regard luisait dans son visage sombre.

— Maintenant, suis-moi, continuait Ferodelis. Tu surveilleras pendant que je parlementerai avec Barrad.

Ferodelis monta les escaliers, quitta les trois étages des vieilles fondations, longea la salle de bal déserte, prit l'escalier de la tour royale. Quelques courtisans et serviteurs avaient repris leurs appartements aux étages, mais les soldats étaient encore nombreux. Ferodelis et Carazo débouchèrent dans l'avant-dernier étage, là où les soldats avaient érigé un poste de surveillance, juste sous les appartements du roi. Les soldats saluèrent. Carazo donna quelques ordres. Les soldats s'éloignèrent: leur chef avait à parler seul à seul avec Barrad.

Ferodelis s'approcha de l'escalier des serviteurs, toujours bloqué par le lourd vaisselier de chêne. Il frappa sur la porte du vaisselier, faisant tressauter les tasses et les assiettes cassées. Il entendit des pas lourds s'approcher de l'escalier. En grinçant horriblement, le lourd vaisselier fut écarté, juste assez pour qu'apparaissent le long nez et les yeux rougis du géant.

— Tiens, de la visite! s'exclama Barrad. La chose doit être d'importance pour que le valeureux Ferodelis affronte quatre étages pour venir me parler.

— Tes sarcasmes sont lassants à la longue. Et

parle moins fort : je suis venu conclure un marché secret.

— Un marché? Quel genre de marché? Si tu n'as pas de sylvaneau, tu gaspilles ta salive, soldat.

— C'est toi qui gaspille ta salive en ce moment, rétorqua Ferodelis avec un rictus supérieur. J'ai effectivement une jeune femelle sylvaneau en ma possession.

Le visage de Barrad se figea.

— Si tu te moques, soldat...

— Je n'ai pas de temps à perdre à me moquer de toi.

Barrad se mit à trembler. Une langue énorme et violacée comme un morceau de foie de bœuf passa sur ses lèvres grisâtres.

— Une sylvanelle... Où est-elle? Qu'attends-tu pour me l'apporter, emposteur du diable? Je la veux, je la veux tout de suite !

Sa voix était si éraillée par la surprise et l'envie qu'elle en était presque incompréhensible. Un instant, Ferodelis prit peur. Et si l'ogre perdait le peu de contrôle qu'il avait sur ses instincts?

— Calme-toi un peu. Tu l'auras, ta sylvanelle, mais je te demande une chose en retour...

— Libérer la princesse? coupa Barrad. Seulement quand j'aurai pris possession de la sylvanelle !

La cruauté du malentendu fit rire Ferodelis.

— Tu ne comprends pas. Je ne veux *pas* que tu la libères. C'est *ça,* ma condition.

Barrad cessa de gesticuler et de trembler. Les

paupières mi-closes, il étudia longtemps Ferodelis, avec une expression impossible à identifier sur son énorme visage.

— Tu n'es pas envoyé par Japier...

— Une chance pour toi. Japier n'a plus l'intention de te livrer la sylvanelle, de toute façon.

Ferodelis sourit intérieurement: après tout, c'était sans doute la vérité.

— Et comment l'échange se déroulera-t-il? demanda Barrad, soudain calme et attentif.

— Quand tu auras accompli... ta part du marché... fais-moi appeler par l'intermédiaire du lieutenant Carazo. Seulement Carazo, tu as compris? Aucun autre soldat...

— Carazo. Je comprends.

— Tu me montreras le corps de la princesse. Je te ferai ensuite livrer la sylvanelle. À ce moment, je te recommande de fuir et vite! Quand Japier apprendra ta fourberie, il te vouera une haine mortelle.

— Ne t'en fais pas pour ça. Je vous l'ai déjà promis: dès que j'aurai la sylvanelle, vous n'entendrez plus jamais parler de moi.

Ferodelis tiqua: il y avait là un sous-entendu qui ne lui plaisait qu'à moitié.

— Et alors, Barrad? Marché conclu?

— Marché conclu, répondit lentement le géant. Je te ferai appeler quand j'aurai tué la petite.

— Tu as vingt-quatre heures pour te décider.

— Crenasteres! C'est pressé en plus?

Ferodelis fit un effort pour garder un ton égal.

— Le conseiller Sirokin risque de revenir à

Contremont dans moins de deux jours. Il est comme le roi, une âme sensible. S'ils décident tous deux de ne pas te livrer la sylvanelle, tu seras bien avancé.

Barrad hocha lentement la tête.

— Je vois. Nous n'avons donc plus rien à nous dire, soldat.

— Non. Plus rien.

Lentement, Barrad tira le vaisselier sur l'ouverture de l'escalier. Ferodelis descendit les quelques marches, l'esprit enfiévré. Carazo s'approcha de son chef.

— Que faisons-nous maintenant?

— Nous attendons. L'ogre a une tâche à accomplir.

En silence, le regard fixe et opaque, Carazo descendit avec son maître jusqu'aux vieilles fondations.

* * *

Le roi Japier ne dormait pas. D'ailleurs, avait-il dormi depuis qu'il avait échappé à Barrad, depuis la capture de Melsi? Oh si, bien sûr: il avait dormi une heure par ci, deux heures par là, quand son corps n'en pouvait vraiment plus.

Le chambellan Mirtouf frappa discrètement à sa porte.

— Votre Majesté. Dormez-vous?

— Tu sais bien que non. Qu'y a-t-il?

— Votre Majesté. Il y a là un soldat qui veut vous voir.

— Un soldat? Ferodelis?

— Non, votre Majesté. Un simple soldat de la garde. Il veut vous parler. Dois-je l'éconduire?

— Non, fais-le entrer. Un soldat qui réveille son roi en pleine nuit doit bien avoir une raison.

Le soldat entra et se présenta. Il s'appelait Vernon. Jeune, des cheveux couleur de paille, un visage rond parsemé de taches de rousseur. Il était très nerveux de se trouver en présence de son roi, nerveux mais visiblement déterminé.

— Je t'écoute, dit aimablement Japier.

— Majesté, il se passe des choses bizarres ces temps-ci, et d'étranges rumeurs circulent parmi les soldats. On dit que maître Sirokin serait revenu et qu'il serait séquestré dans une des prisons de Contremont.

Japier ne put s'empêcher de rire.

— Qui a bien pu inventer pareille histoire?

— Je ne sais pas, Majesté. Moi aussi, j'en ai ri tout d'abord. Or, il y a bien d'autres rumeurs. Certains prétendent qu'un sylvaneau serait également séquestré dans nos prisons, d'autres parlent même d'une femelle sylvaneau, plus belle que la plus belle des femmes. Une chose est sûre : les vieux cachots sont interdits à tous les soldats sauf sur ordre spécial de notre chef Ferodelis.

Japier leva l'oreille, intrigué.

— Pourquoi n'en as-tu pas parlé à Ferodelis?

Le visage piqueté de tache de rousseur du jeune soldat s'empourpra.

— Majesté... C'est parce que... C'est parce que nous craignons, mes amis et moi, que... Ferodelis ne trame quelque chose contre vous.

— Je vois. C'est une grave accusation, tu ne trouves pas?

Vernon se jeta à genoux.

— Majesté. Je n'ai aucune preuve, je m'en rends compte. Tout ce que je veux, c'est vous prévenir. Sans doute ai-je eu tort de porter foi à toutes ces rumeurs mais, s'il vous plaît, ne me dénoncez pas à mon chef!

Japier hocha doucement la tête.

— Relève-toi, Vernon. Cette conversation restera secrète. Tu dois comprendre, cependant, que je ne peux pas agir sur la foi d'une simple rumeur. As-tu des camarades en qui tu aies confiance?

— Oui, Majesté. Presque tous les soldats qui ne font pas partie de l'entourage immédiat de Ferodelis.

— À mots couverts, recrute-toi quelques compagnons. Vous continuerez de remplir vos tâches habituelles, mais vous serez mes yeux et mes oreilles. Je vous charge de m'avertir à l'arrivée de maître Sirokin, ou de n'importe quel membre de son expédition. Essayez également de voir ce qui se cache dans ces fameux cachots interdits. Tu seras un espion, un rôle pas toujours enviable. Es-tu prêt à faire ça pour ton roi?

Vernon se jeta de nouveau à genoux, le poing sur la poitrine.

— J'essaierai d'être digne de la confiance que vous m'accordez.

Vernon parti, Japier sonna le chambellan Mirtouf. Celui-ci apparut aussitôt: il n'avait pas quitté la petite antichambre. Japier lui demanda s'il avait entendu la conversation. Mirtouf hocha doucement la tête: oui, il avait entendu.

— Que penses-tu de cette histoire? Suis-je en train de laisser une rumeur me monter à la tête?

— Majesté, je ne suis que votre serviteur, répondit piteusement Mirtouf. Je ne saurais vous offrir de conseils aussi sages que ceux de maître Sirokin.

— Ton opinion de simple serviteur, alors...

Mirtouf ne répondit pas tout de suite, méditant sa réponse. Il finit par soupirer.

— Ferodelis et Carazo manigancent quelque chose, j'en mettrais ma tête à couper.

L'expression fit rire Japier.

— Je n'en demande pas tant...

Japier libéra le pauvre Mirtouf, et resta seul à nouveau. Il essaya bien de dormir, mais le sommeil s'esquivait chaque fois qu'il croyait l'avoir attrapé. Les visages de Ferodelis, Sirokin, Barrad et Melsi dansaient une ronde étourdissante dans son esprit. Au sein du tumulte, un visage aimé apparut, repoussant au loin les quatre autres... Anne, sa reine disparue... Auparavant, c'était toujours avec tristesse que Japier se rappelait Anne. Or cette fois-ci le souvenir de sa bien-aimée lui apporta sérénité et douceur, comme une main fraîche sur un front enfiévré. Japier finit par s'endormir d'un sommeil peuplé de rêves heureux.

11
Melsi et Barrad

Une aube brumeuse succéda à la nuit. Le cri enroué des coqs retentit dans la campagne. Un soleil rouge clair apparut, chassant la brume, donnant des couleurs aux champs et aux toits de tuile.

Blottie dans les couvertures, Melsi faisait semblant de dormir. Du coin de l'œil elle surveillait Charbon qui venait juste de s'échapper en douce de la chaleur des couvertures. Melsi s'était fait un point d'honneur de comprendre par où ce coquin de furet réussissait à quitter la chambre. Melsi surveilla sa progression : au lieu de fureter en tous sens comme les furets en ont l'habitude, Charbon fila tout droit vers le lourd bahut encastré dans le coin de la chambre. Vite, il se glissa dessous. Melsi sauta hors du lit et courut vers le bahut. Elle tira le tiroir du bas. Charbon n'y était pas. Melsi n'en fut pas surprise outre mesure : les autres fois où Charbon s'était sauvé, elle avait évidemment regardé dans tous les tiroirs du bahut, c'était en effet un jeu d'enfant pour un furet de se glisser sous un meuble et de grimper dans les tiroirs par l'intérieur.

Cette fois-ci, décidée d'en avoir le cœur net, Melsi tira complètement le lourd tiroir. Paillette vint la rejoindre, furetant à gauche et à droite.

— *Qu'est-ce que tu fais?*

Melsi retira le deuxième tiroir. Charbon demeurait invisible. Elle retira le troisième tiroir. Sous la lumière rasante du soleil matinal, Melsi distinguait une fissure dans le panneau arrière du bahut. Mais c'était beaucoup trop étroit, Charbon n'avait pas pu se glisser par là. Elle tendit la main. Elle eut la surprise de constater que ce panneau arrière n'était qu'une mince feuille de bois facile à écarter.

— Charbon? Charbon?

Melsi écarta le panneau de bois, mais il était impossible, dans cette position, de voir ce qu'il y avait derrière. Elle réussit à se glisser à l'intérieur du meuble et regarda à nouveau. Elle retint une exclamation de surprise: au lieu de tomber sur le mur de pierre, comme elle s'y attendait, elle vit l'arrière d'un autre meuble à tiroirs. En un éclair, Melsi comprit qu'il s'agissait du bahut de l'ancienne chambre de sa mère Anne. Les deux bahuts avaient été construits dos à dos dans une ouverture qui ne servait plus — une porte ou un foyer.

Sans faire de bruit, Melsi arracha le panneau arrière et poussa doucement un tiroir de l'autre bahut. Doucement, doucement... Avec un léger choc, le tiroir tomba sur le sol. Le cœur battant, Melsi se préparait à rebrousser chemin... mais Barrad ne semblait pas avoir entendu. Doucement, Melsi poussa deux autres tiroirs. Elle entra dans l'autre meuble. D'ici, elle apercevait une partie de la chambre de sa mère, un lieu où elle n'avait plus le droit d'aller. Avec mille contorsions, Melsi glissa hors du bahut et mit pied dans la chambre. Les rideaux étaient tirés, la chambre était sombre et sentait le renfermé. Sur le plancher poussiéreux, on distinguait nettement les traces de pas de Barrad et celles, beaucoup plus petites et beaucoup plus récentes, d'un furet.

Paillette reniflait la piste de Charbon, trépignant d'excitation. La piste menait jusqu'à la porte de la chambre, et au-delà. Melsi savait qu'elle n'était pas plus libre de s'enfuir que lorsqu'elle était prisonnière de la chambre de son père : les deux seuls escaliers de l'étage demeuraient bloqués et gardés par Barrad.

Elle s'approcha néanmoins de la porte, la poussa sans difficulté. Elle se trouvait maintenant dans la petite salle de conseil attenante à l'antichambre. Ici régnait un désordre indescriptible, un énorme trou béait dans une des parois. C'était sans doute avec ces blocs de pierre arrachés aux murs que Barrad avait bloqué un des escaliers.

Melsi avança, rasant les murs. Elle s'immobilisa, retenant son souffle. Elle entendait Barrad qui marmonnait dans sa barbe. Impossible de comprendre, comme si le géant se parlait à lui-même en quelque langue oubliée. Elle enjamba les blocs de pierre au pied du mur défoncé. Elle aperçut Barrad près des fenêtres, accroupi sur le plancher, lui tournant le dos.

Ce n'est qu'à ce moment que Melsi comprit que Barrad riait :

— Ha ha ! Tu ne te lasses donc jamais, petit salezard? Allez, mors ! Mors, furieuse bestiole. J'ai la couenne trop épaisse pour toi.

Barrad souleva le bras. À sa main était suspendu Charbon, furieusement agrippé avec toute la force de ses petits crocs.

— Charbon ! ne put s'empêcher de hurler Melsi.

Barrad sursauta, expédiant Charbon à travers la pièce. Heureusement, le gros furet noir tomba dans un tas de rideaux. Melsi bondit le récupérer. Elle attrapa un Charbon éberlué et le serra contre sa poitrine.

— Vous auriez pu lui faire mal !

— Moi, lui faire mal? protesta Barrad. Mais c'est toi, petite écervelée, qui m'as fait sursauter à m'en arracher la peau du squelette ! (Il se tut un moment, les sourcils froncés.) Mais... Mais qu'est-ce que tu fais ici, toi?

— Je suis venu chercher Charbon. Je ne veux pas que vous lui fassiez mal.

Barrad s'esclaffa :

— Lui faire mal, entendez-vous ça? Nous jouions, petite sotte. Crois-tu que c'est la première fois qu'il vient me rendre visite?

Prise au dépourvu, Melsi ne répondit pas. Elle regarda Charbon, qui lui rendit un regard piteux.

— Vous vous amusiez? demanda Melsi.

— Et alors? C'est interdit?

— Moi qui croyais que vous détestiez les furets. Moi qui croyais que vous étiez méchant.

Barrad s'avança, les sourcils froncés.

— Mais *je suis* méchant, petite princesse.

— Je ne te crois pas ! répliqua triomphalement Melsi. Tu n'es pas vraiment méchant, tu fais semblant, juste pour me faire peur. Mais ça ne marche plus avec moi...

Melsi s'attendait à ce que Barrad fasse semblant de se fâcher encore plus. Au contraire : un rictus à la fois cruel et triste dévoila ses larges dents grises et craquelées.

— Tu as raison, petite princesse, déclara le géant avec une voix sifflante et froide comme une bise d'hiver. Je ne suis pas méchant. Je suis indifférent, ce qui est bien pire.

— Ce n'est pas vrai. Si tu étais si indifférent, tu ne serais pas venu me raconter des histoires.

— Tout ce que je voulais, c'est que tu cesses de pleurer.

— Non. Tu étais gentil avec moi.

— Tais-toi ! éclata Barrad, et cette fois Melsi commença réellement à avoir un peu peur. Tu n'es qu'une petite gualoise sans cervelle, que peux-tu bien comprendre de la noirceur de mon âme? J'ai tué plus d'humains que tu n'as connu de jours, crois-tu que j'aurais scrupule à te tordre le cou? Je n'ai rien à faire de toi, comprends-tu? Je n'ai rien à faire des humains, comprends-tu?

Réprimant un cri, Melsi attrapa Paillette toujours à ses pieds et courut vers la chambre de son père. Elle s'arrêta piteusement devant la porte barricadée. Avec un soupir exaspéré, Barrad s'approcha, écarta la bibliothèque et ouvrit la porte. Melsi se dépêcha de passer, jetant un dernier coup d'œil à Barrad, mais ce dernier détournait la tête, comme s'il avait honte de la regarder.

La bibliothèque fut brutalement remise en place. Melsi resta debout au milieu de la chambre, tremblante. Quelque chose s'était passé avec Barrad, mais elle n'arrivait pas à comprendre quoi. Melsi échafauda mille hypothèses: Nestorien et maître Sirokin étaient revenus avec un sylvaneau; ou alors non, ils revenaient bredouille; ou ils n'étaient pas revenus, on venait d'apprendre qu'ils étaient blessés ou morts le long de la route. Melsi essaya de penser à autre chose. Il ne servait à rien de s'étourdir de suppositions; tant qu'elle serait prisonnière de Barrad, elle ne saurait pas la vérité.

Elle s'assit sur son lit, le regard perdu à l'horizon. Dehors il faisait beau et chaud pour une journée d'automne. La journée allait être magnifique.

* * *

Sur la route de l'est, à moins de cinq lieues de Contremont, Sirokin, Nestorien et Fafaro émergèrent de la forêt des Fouquets. On ne voyait pas encore les remparts et les tours du château de Contremont, ni même les eaux calmes du lac Emblic. Seules quelques fermes au toit de chaume montaient la garde le long de la route. Dans les champs, les fermiers labouraient, entourés de nuées d'oiseaux noirs venus picorer la terre fraîchement retournée.

Sirokin, qui ouvrait la marche, fit signe à Nestorien et Fafaro d'arrêter. Nestorien arrêta son cheval tout près de celui de son maître. Le garçon trépignait d'impatience : pourquoi fallait-il s'arrêter maintenant? Sans répondre, avec des gestes maladroits, Sirokin descendit de selle. Il fit quelques pas hors de la route et se laissa tomber lourdement dans l'herbe jaunie.

— Maître! Qu'avez-vous?

Suivi de Fafaro, Nestorien sauta de selle et courut jusqu'au chevet de Sirokin. Désemparé, il contempla le visage aux traits tirés.

— Maître! Que se passe-t-il? répéta doucement Nestorien.

Fafaro se pencha. Elle posa doucement la main sur le front blême et poussiéreux. Elle leva un regard impatient vers Nestorien.

— Il est épuisé, père, voilà ce qui se passe.

Sirokin ouvrit les yeux et fixa ses deux jeunes compagnons. Jamais Nestorien n'avait lu autant de fatigue dans un regard. Sirokin essaya de sourire, mais ce ne fut pas une réussite.

— Fafaro a raison, souffla-t-il doucement. Je suis si épuisé que j'ai peur de tomber de selle.

Nestorien s'assit dans l'herbe, le front baissé. Lui aussi était épuisé, lui aussi avait mal à tous ses os. Fafaro aussi, certainement. Ils s'étaient à peine permis une courte nuit de repos à l'auberge de Cribouc, et ils chevauchaient depuis ce temps, poussant les chevaux jusqu'à l'épuisement.

Nestorien tendit un bras fatigué vers la route.

— Mais nous sommes presque arrivés.

— Je sais, soupira Sirokin. Je croyais résister jusque là. Mais non. Pardonnez-moi, mes jeunes amis, mais je ne suis plus un jeune homme. Je dois dormir un peu. Continuez sans moi, si vous en avez la force. L'important est d'avertir le roi que j'arriverai bientôt, et de sauver la sylvanelle.

Nestorien regarda le fin visage de Fafaro, pâle de poussière et de fatigue.

— As-tu la force de continuer?

— Je vous suivrai partout, père. J'en ai fait le serment.

Nestorien se tourna vers Sirokin, mais le conseiller ronflait déjà. Nestorien et Fafaro se relevèrent. Ils attachèrent le cheval de Sirokin à un arbuste, puis sautèrent en selle, indifférents à la douleur au cou, au dos, à toutes les articulations du corps. Nestorien pointa le bras vers l'ouest, vers Contremont, vers Diarmuid. Vers Melsi.

Les chevaux fatigués protestèrent, puis furent bien obligés d'obéir. Nestorien et Fafaro repartirent pour les dernières lieues du voyage.

* * *

— Toujours pas de nouvelles de Barrad? demanda Ferodelis.

— Non, répondit Carazo.

Exaspéré, Ferodelis lança sa coupe vide contre le mur de pierre.

— Mais qu'est-ce qu'il attend? Que Sirokin soit revenu?

— Chef, calmez-vous. Il est douteux que Sirokin puisse apparaître aujourd'hui. De toute façon, nos hommes l'intercepteront à son arrivée.

Ferodelis haussa les épaules, pas convaincu.

— Si l'ogre ne m'a pas appelé d'ici une heure, c'est moi qui vais aller lui secouer les puces!

Ferodelis se tut, morose.

— Et la femelle sylvaneau? reprit-il soudain, toujours sur le même ton impatient.

— Diarmuid? Une créature bien étrange. Elle semble parfaitement indifférente à son sort, même si elle sait que nous voulons la sacrifier à Barrad.

— Elle le sait? Comment est-ce possible?

— Il semblerait que c'est Sirokin, ou un membre de son escorte, qui le lui a révélé.

— Mmmf... Ferodelis se leva à nouveau et se mit à arpenter la pièce de long en large, bouillant d'impatience. Une idée bien digne de Sirokin!

Carazo ne répondit pas. Son regard noir ne quittait pas son chef, comme s'il étudiait quelque bête curieuse et pas nécessairement plaisante à contempler.

12
Retour à Contremont

L'après-midi était déjà bien entamé quand Nestorien et Fafaro atteignirent les remparts de Contremont. Au cours de la dernière demi-lieue, la joie de retrouver Contremont avait remplacé la fatigue, et c'est avec excitation que Nestorien avait annoncé à Fafaro:

— Nous y voilà, Fafaro, nous sommes de retour!

L'enthousiasme de la jeune fille était plus modéré.

— Espérons que nous n'arrivons pas trop tard pour Diarmuid.

L'exultation de Nestorien tomba d'un coup. Fafaro avait raison: il crierait victoire quand il aurait été rassuré sur l'état de Diarmuid, de Melsi et du roi Japier. Les deux jeunes cavaliers passèrent par les portes de la route de l'est. Aussitôt, ils furent entourés par six soldats de Contremont, qui leur ordonnèrent de descendre de monture.

— Je suis Nestorien, serviteur de maître Sirokin, de retour des marais Marivoles! expliqua fébrilement Nestorien. Maître Sirokin va nous rattraper dans quelques heures. J'ai pris les devants pour prévenir le roi qu'il ne doit pas sacrifier la sylvanelle.

— Oh, oh, oh... protesta un des soldats. Tu vas trop vite avec ton histoire, mon garçon. Commence plutôt par nous présenter la demoiselle.

— Elle s'appelle Fafaro et accompagne notre expédition. Je n'ai pas le temps de tout expliquer, il me faut rencontrer le roi au plus vite.

Quelques soldats s'esclaffèrent. Le garçon voulait voir le roi? Au plus vite? Rien que ça? Nestorien faillit s'étrangler de surprise et de rage.

— Je suis envoyé par Sirokin! C'est nous qui avons capturé la sylvanelle que vos soldats ont ramenée hier. Laissez-moi au moins passer, si vous ne savez pas de quoi je parle, je connais le chemin.

Un officier qui jusque là observait en silence s'approcha, la main levée, conciliant.

— Calme-toi mon garçon. Tu es Nestorien, dis-tu? Tu fais partie du groupe que le lieutenant Carazo a rencontré à Cribouc.

— C'est ce que je me tue à vous expliquer!

L'officier se tourna vers les autres soldats.

— Il a raison, il faut immédiatement l'emmener au roi.

Nestorien poussa un énorme soupir. Pendant quelques secondes, la situation avait semblé un cauchemar. Faisant maintenant preuve d'un peu plus d'empressement, l'officier et trois soldats les accompagnèrent, Fafaro et lui, jusqu'au château. Nestorien trouvait bien un peu bizarre qu'on lui assigne quatre guides, mais il était beaucoup trop énervé pour s'inquiéter de ce détail. Ils passèrent les portes grillagées de l'entrée principale et descendirent un escalier. Nestorien tenta bien de glaner quelques renseignements auprès des soldats — La princesse Melsi était-elle toujours prisonnière du géant? Le roi était-il sain et sauf? Et surtout: où était la sylvanelle? — mais les soldats haussaient les épaules, sans répondre, à croire qu'ils étaient tous muets.

Fafaro s'approcha de Nestorien, lui chuchotant tant bien que mal dans l'oreille:

— Père... Je ne connais rien de ces gardes ou de ce château. Tout ce que je sais, c'est que quelque chose ne tourne pas rond...

— Eh toi, la bavarde, tais-toi! grogna un des soldats.

Nestorien s'arrêta net, dévisageant les trois soldats et l'officier.

— Qu'est-ce que c'est que cette façon de nous parler? Et d'abord, où allons-nous comme ça? Le roi n'est pas dans cette partie des fondations!

— Nous t'amenons à Ferodelis, expliqua impatiemment l'officier. Allez, grouille-toi!

— Je ne veux pas rencontrer Ferodelis, je veux rencontrer le...

Un des soldats poussa brutalement Nestorien, qui faillit tomber. Fafaro s'interposa, dardant un coup de coude vicieux dans l'estomac du soldat. Il se plia en deux en grognant de douleur. Fafaro tourna sur elle-même et donna un solide coup du plat de la main sous le menton de l'officier. Ce dernier ne s'attendait pas à une riposte aussi vive de la part de la jeune fille: sa tête bascula et heurta violemment le mur.

— Fuyons, père! hurla Fafaro en se lançant le long du corridor.

Nestorien essaya de la suivre. Un des soldats encore valide allongea la jambe... Nestorien s'effondra de tout son long sur le plancher de pierre. Le garde se jeta sur lui et l'immobilisa avec une clef de bras. Fafaro rebroussa chemin pour venir en aide à Nestorien, un court poignard à la main. Les deux autres soldats dégainèrent leurs épées et l'attendirent de pied ferme, un sourire mauvais sur les lèvres. La jeune fille et les deux soldats se toisèrent avec une expression farouche. Nestorien essaya de se dégager. La clef de bras fut resserrée au point qu'il se retenait de hurler.

— Mais qu'est-ce qui vous prend? Vous êtes tous devenus fous?

Des bruits de pas se firent entendre à l'autre bout du couloir. Cinq soldats apparurent, alertés par le tintamarre. Prise entre deux feux, Fafaro s'avoua vaincue. Elle jeta son poignard au loin. Avec un rire de triomphe, les deux soldats qui la tenaient en respect l'agrippèrent et la poussèrent brutalement près de Nestorien.

Un des cinq soldats qui venaient d'apparaître, un grand jeune homme blond au visage piqueté de taches de rousseur, ne parut pas apprécier le traitement que l'on faisait subir à la jeune fille.

— Halte là! Que se passe-t-il ici?

L'officier s'était relevé. Un filet de sang lui coulait sur le menton. Il lança un regard assassin vers Fafaro, puis fit signe aux cinq soldats de passer leur chemin.

— Ne vous mêlez pas de ça. J'amène ces deux prisonniers chez Ferodelis.

À la surprise de Nestorien, le jeune soldat blond ne sembla pas tenir compte des ordres de son supérieur. Il s'adressa directement à Nestorien, évaluant l'état poussiéreux de ses vêtements, indice d'une longue route.

— Serais-tu Nestorien, le page de maître Sirokin?

Nestorien acquiesça vivement de la tête. En quelques phrases, il expliqua pourquoi Sirokin n'était pas avec eux. Mais l'officier, revenu de sa surprise, posa une main brutale sur l'épaule du jeune soldat blond.

— Je t'ai ordonné de passer ton chemin. Le sort de ces prisonniers ne te regarde pas.

Le jeune soldat recula et dégaina son épée. Ses quatre compagnons firent de même.

— Je m'appelle Vernon et mon autorité relève du roi Japier, claironna le jeune soldat avec une voix rauque de tension. Libérez ces deux jeunes gens, je dois les conduire à sa Majesté!

Il était difficile de décider qui étaient les plus stupéfaits: Nestorien et Fafaro, ou l'officier et ses soldats.

— Tu oses te mettre en travers de mon chemin? lança l'officier. Je suis sous les ordres directs de Ferodelis.

— Et moi je suis sous les ordres directs du roi! Si tu as des griefs, accompagne-moi et nous nous expliquerons devant lui. Maintenant, je le répète, relâche ce jeune homme.

Vernon et ses quatre compagnons avancèrent d'un pas. Le soldat qui immobilisait toujours Nestorien regarda son chef, l'air de demander «Qu'est-ce qu'on fait maintenant?». L'officier fit signe au soldat de lâcher Nestorien. Il recula ensuite, suivi de ses trois hommes.

— Tu le regretteras, jeune morveux! Je vais rapporter cette trahison à Ferodelis.

— Ne vous gênez pas pour moi.

Avec un cri et de colère, l'officier rebroussa chemin. Ses trois hommes, visiblement déconcertés, le suivirent.

Fafaro et Vernon aidèrent Nestorien à se relever. Massant son épaule endolorie, Nestorien émit les pires jurons de vétéran qu'il connaissait. Il dut reprendre son souffle pour demander:

— Par ma mère, que se passe-t-il ici? C'est la révolution?

— Peut-être, répondit nerveusement Vernon. Allons! Venez vite, nous devons rencontrer le roi.

— Non, arrêtez! La sylvanelle? Où est la sylvanelle?

Les soldats se lancèrent des regards perplexes.

— La femelle sylvaneau, insista Nestorien. Celle que Carazo a ramenée hier. Comment? Vous n'êtes pas au courant?

Les soldats répondirent tous en même temps: la rumeur disait donc vrai, c'était donc une sylvanelle qui était gardée dans les cachots interdits. Ne devait-elle pas être livrée à Barrad pour libérer la princesse? Que faisait-elle prisonnière des vieux cachots? Nestorien leva la main pour les faire taire.

— J'ose croire que sa Majesté n'est pas en danger immédiat. Mais la sylvanelle, si. Il faut la libérer le plus tôt possible.

Nestorien, Fafaro et les cinq soldats se précipitèrent en direction des vieux cachots, le bruit de leur passage se répercutant comme un tumulte de guerre le long des étroits corridors de pierre.

* * *

L'officier de la garde pénétra avec fracas dans les appartements de Ferodelis. Le souffle court, il rapporta à Ferodelis et à Carazo la présence de Nestorien et la trahison de Vernon.

Ferodelis sauta sur ses pieds. Dans ces instants de grande tension, c'était comme si un sang plus clair coulait dans ses veines, comme si son esprit n'avait jamais été aussi vif, aussi méthodique, aussi précis. En quelques mots, il donna ses ordres. L'officier de la garde devait rassembler ses hommes et empêcher toute personne de s'approcher des quartiers du roi. Il fallait étouffer l'affaire sans que Japier ne s'en aperçoive. Carazo, lui, devait récupérer la sylvanelle et l'amener à Barrad.

— Mais tu ne la livres pas sans mon ordre, tu as compris?

— Et vous, chef?

Sans même répondre, Ferodelis courait déjà vers les étages supérieurs. Il monta les marches quatre par quatre. Ses côtes cassées à peine guéries lui brûlaient la poitrine. Il atteignit l'avant-dernier étage, soufflant et suant. Avec de grands gestes, il ordonna à ses hommes de s'éloigner : il devait conférer avec l'ogre. Seul à seul ! Tout de suite ! Étonnés, mais n'osant contredire leur chef, les soldats allèrent attendre au bout d'un corridor.

Ferodelis se jeta contre le vaisselier et frappa à coups redoublés.

— Barrad ! *Barrad !* Réponds-moi !

Le vaisselier s'écarta. Barrad apparut. Avant même que le géant puisse dire un mot, Ferodelis demanda d'une voix qu'il s'efforçait de garder basse :

— Qu'est-ce que tu attends pour faire ce que nous avons convenu? Sirokin est à nos portes. Il faut tuer la princesse. Il faut la tuer *maintenant !*

— Où est la sylvanelle? demanda Barrad, terriblement froid, terriblement calme.

— Tu l'auras après ! Mes hommes sont en train de te l'amener.

— Je veux la voir avant. Sinon, pas de princesse.

Ferodelis voulut protester, mais la frustration lui étranglait la gorge au point qu'il n'arrivait plus à parler. Il essaya de se calmer un peu.

— Qu'est-ce qui m'assure que tu rempliras ta part du marché une fois que tu auras obtenu ce que tu voulais?

Barrad rit doucement, d'un rire mauvais, méprisant.

— Si ça devait arriver, tu n'aurais qu'à faire la besogne toi-même. Tu pourras toujours m'accuser par la suite, ça ne me dérangera pas. Tiens, encore mieux... Tu pourrais la jeter en bas de la tour, pour laisser croire qu'elle a tenté de suivre le chemin de son père.

— Pourquoi toutes ces simagrées? Aurais-tu scrupule à tuer la princesse?

Barrad hocha doucement la tête.

— Non. Mais je commence sérieusement à me demander si tu as vraiment une sylvanelle en ta possession.

Ferodelis lança un bref regard derrière lui, puis regarda de nouveau Barrad, le visage rouge, les yeux tremblants, le souffle court.

— Ne t'en fais pas pour ça. Carazo va l'amener d'un instant à l'autre. Va chercher la princesse, je veux que les soldats soient témoins de son sort, je veux qu'ils croient que jusqu'à la fin je t'ai supplié de la remettre en liberté.

— C'est bon, fit Barrad d'une voix plus rocailleuse que jamais.

Le regard insondable se détourna de Ferodelis. Le géant se mit à marcher lentement vers la chambre du roi.

* * *

Nestorien, Fafaro, Vernon et les quatre autres soldats dévalèrent l'étroit escalier menant aux anciens cachots. Nestorien sauta les six dernières marches, au risque de se rompre le cou sur le sol glissant. Le jeune homme était déjà venu fureter dans les fondations, mais tout avait changé depuis sa dernière visite: on avait aménagé et remeublé les pièces, les couloirs étaient mieux éclairés et beaucoup plus fréquentés qu'avant la prise d'assaut de Barrad. Soldats, serviteurs et courtisans s'étaient écartés de leur chemin, certains criant de surprise, d'autres protestant, d'autres exigeant des explications. Nestorien et ses compagnons ne leur avaient porté aucune attention.

Ils tournèrent dans un corridor étroit envahi par la puanteur doucereuse de la paille moisie. Ils tombèrent sur trois gardes assis en face d'un cachot. Entre les lourds barreaux de fer, Nestorien entrevit une silhouette pâle tranquillement assise sur le grabat.

— Diarmuid!

La sylvanelle se leva et s'approcha des barreaux. Il était difficile d'en être sûr dans la pénombre du cachot, mais Nestorien aurait juré qu'elle était heureuse de le voir.

— Ça va bien? Ils ne t'ont pas fait mal?

— Ça va, répondit Diarmuid sur le ton de la conversation. Personne ne m'a fait mal.

Vernon ordonna aux trois gardes de libérer Diarmuid. Un de ceux-ci voulu protester, mais cinq épées furent pointées dans leur direction. La clef tourna en grinçant, la porte s'ouvrit. Nestorien enlaça Diarmuid, sanglotant de soulagement. La sylvanelle se laissa faire mollement.

— Il faut sortir d'ici, s'impatienta Vernon. Nous sommes dans un cul-de-sac.

Nestorien relâcha Diarmuid et toisa Vernon. Le soldat avait raison, il fallait maintenant rejoindre Japier. Vernon lui expliqua que les appartements provisoires du roi se trouvaient dans l'aile opposée des fondations, deux étages plus haut. Il leur fallait donc franchir un véritable labyrinthe de couloirs et d'entrepôts : ancien bâtiment de guerre, les fondations avaient été conçues pour déconcerter et retarder les assaillants qui auraient réussi à y pénétrer.

Ils quittèrent les cachots, abandonnant les trois gardes de la cellule qui ne comprenaient plus rien. Ils montèrent un étage, traversèrent un entrepôt, longèrent un couloir. Nestorien dénicha un étroit escalier à peine assez large pour laisser passer un homme. Ils montèrent, débouchèrent dans un couloir un peu plus large. Ils étaient au premier étage, les appartements de Japier étaient complètement à l'autre bout. Ils coururent.

Nestorien et ses compagnons s'immobilisèrent dans une grande pièce circulaire au plafond bas : l'ancien donjon. Face à eux, Carazo et une vingtaine de soldats les attendaient. Pendant quelques secondes, personne ne parla : les soldats qui n'avaient pas encore vu Diarmuid écarquillèrent le regard en l'apercevant.

Carazo, les mains sur les hanches, toisa ostensiblement Vernon.

— Soldat, cette folie a assez duré. Dépose les armes et rends-toi!

— Je me rendrai, mais je me rendrai au roi!

— Sa Majesté n'a pas de temps à perdre avec un voleur et un traître.

— Ni voleur ni traître! rétorqua Nestorien. Nous sommes venus quémander la pitié du roi pour Diarmuid, injustement gardée dans vos cachots par Ferodelis.

— Qui es-tu pour me parler ainsi? cracha Carazo. Un vulgaire serviteur!

— Serviteur de maître Sirokin, qui désapprouve votre action.

À la mention de Sirokin, les soldats qui accompagnaient Carazo murmurèrent entre eux. Voyant que la situation risquait de lui échapper s'il continuait à parlementer, Carazo leva haut son épée.

— Capturez ces traîtres, mais ne blessez pas la femelle sylvaneau!

Il y eut un flottement parmi les soldats: personne ne semblait pressé de se battre contre ses propres compagnons d'armes.

— Allons tous voir le roi, insista Nestorien. Ce sera à sa Majesté de juger...

— Allez-vous laisser un enfant vous dicter votre conduite? hurla Carazo. À l'attaque, mille tonnerres!

Carazo marcha vers Vernon, l'épée pointée à la hauteur du cœur. Ses hommes furent bien obligés de suivre. Nestorien poussa Diarmuid entre lui et Fafaro. Il brandit son épée, Fafaro avait son court poignard. Les deux groupes se rencontrèrent. Les épées tintèrent sur les boucliers, un casque vola au sol avec un bruit de ferraille. La bataille était molle et confuse: à l'exception de Carazo, les attaquants ne frappaient pas avec toute la force voulue. Nestorien aurait même juré que certains soldats restaient volontairement à l'arrière.

La cause de Vernon et de ses hommes étant plus désespérée, ils se débattirent avec plus de vigueur. Bien qu'inférieurs en nombre, ils réussirent donc à repousser cette faible attaque. Si Carazo n'avait pas été là, le groupe de Nestorien aurait sans doute réussi à parlementer, mais la férocité du lieutenant compensait le manque d'enthousiasme des autres.

— Attaquez! Attaquez, bande d'incapables! Ou ce sera le fouet pour tous!

À recevoir des coups, les soldats de Carazo commençaient à s'échauffer. La bataille devint plus brutale. Vernon et ses hommes reculèrent. Dans la confusion, ils crurent reculer par le corridor qu'ils avaient emprunté, mais ils se trompèrent et s'enfermèrent stupidement dans une pièce sans issue. Nestorien regardait en tout sens, hébété, incapable de croire à pareille bévue.

Carazo et ses hommes redoublèrent d'ardeur. Heureusement, l'unique porte était étroite: Vernon et ses hommes avaient là un avantage et arrivaient à tenir. Un des hommes de Carazo, téméraire jusqu'à la folie, traversa en hurlant le barrage d'épées dressées. Il tomba tout près de Fafaro. Il se releva, son visage devenu un masque terrifiant et ensanglanté. Sa lourde épée siffla. Fafaro contra avec son poignard. Le métal frappa le métal, le poignard vola. L'épée continua sa courbe et atteignit Diarmuid au visage.

De toutes ses forces, de tout son poids, Nestorien asséna un coup de la garde de son épée au visage de l'intrépide soldat, qui tomba sur le dos, d'une masse.

Nestorien se tourna vers Fafaro, qui se massait le poignet.

— Tu n'es pas blessée?

— Non. Mais la sylvanelle a été atteinte.

Effectivement, Diarmuid reculait, presque surprise, une main sur le menton. Nestorien approcha. Avec précaution, il lui retira la main. Malgré la situation tendue, il soupira de soulagement. C'était à peine une estafilade: la pointe de l'épée avait éraflé une mince couche de peau. Ça ne saignait même pas. Si, un peu... À la pointe du menton apparut une goutte de sang rouge clair, presque translucide. À peine une goutte...

Ce n'était rien.

* * *

Melsi sursauta: la bibliothèque qui bloquait la porte de sa chambre se déplaça. Ce n'était pourtant pas encore l'heure du souper. Elle se leva. Devant elle se tenait Barrad, silencieux, son énorme visage fixe et immobile. Melsi ne l'avait jamais vu ainsi et elle eut peur.

— Que se passe-t-il, noble géant?

Barrad s'avança. Melsi recula d'un pas. Barrad s'approcha encore. Il s'accroupit en face de Melsi.

— Désolé, petite princesse. Les engrenages dans les engrenages des roues tournent inexorablement. Il ne fallait pas y mettre le doigt.

— De... De quoi parles-tu?

La main de Barrad se referma sur le bras droit de Melsi. Il se redressa. Melsi fut entraînée, doucement mais fermement.

— Où allons-nous? Arrêtez, noble géant, je n'aime pas ça, j'ai peur.

— La fin approche, expliqua doucement Barrad. Il ne faut pas avoir peur, au contraire.

Melsi se mit à pleurer, effrayée autant par la situation que par le ton désespéré avec lequel lui parlait Barrad.

Au même moment, plusieurs étages plus bas, dans les vieilles fondations, une goutte de sang rosé sourdait d'une insignifiante blessure au menton de Diarmuid. Barrad s'arrêta d'un coup, comme s'il avait frappé un mur. Il leva le nez, reniflant. Il tourna la tête, à gauche, à droite. Il renifla plus fort. Sa main tremblante lâcha Melsi. Il se serra la tête à deux mains, comme si son crâne allait éclater.

— Elle est ici! Je sens son sang! Elle est ici, toute proche!

Barrad tremblait, figé sur place. Il n'arrêtait pas de répéter «Toute proche! Elle est toute proche!» Melsi s'était réfugiée sous le lit, toute petite et misérable, tremblant elle aussi, mais de peur. Les deux furets coururent se réfugier dans ses bras.

Barrad hurla vers le ciel, le visage cramoisi, les yeux exorbités :

— Elle est toute proche ! Je sens son sang d'ici !

Il sortit en courant de la chambre de Melsi. Un vacarme de verre brisé et de meubles renversés parvint de l'antichambre, de la vaisselle cassée jaillit jusque sous le lit de Melsi. De l'étage en dessous parvint un autre hurlement démoniaque, auquel répondirent des clameurs de soldats. Il y eut une brève mais violente bataille, puis le bruit sembla s'éloigner encore plus. Il n'y eut plus bientôt que des chocs sourds qui faisaient vibrer la structure même du château.

Melsi sortit de sous le lit, les jambes molles, encore tremblante. Elle quitta la chambre. L'antichambre était encore en plus mauvais état qu'avant : il y avait du verre cassé et des éclats de bois partout. Barrad avait projeté le lourd vaisselier avec tant de fureur que l'énorme meuble avait éclaté contre un mur.

Serrant Paillette et Charbon, Melsi approcha de l'escalier enfin dégagé. Avec un sentiment d'irréalité, elle descendit quelques marches. Elle était libre ! Elle descendit aussi vite que le lui permettaient les marches couvertes de débris. L'étage d'en dessous était encore pire. Plusieurs soldats gisaient, inertes, parmi les décombres. Melsi continua de courir, elle avait hâte de quitter les lieux.

— *Princesse !* hurla une voix rauque derrière elle.

Melsi se retourna d'un coup, croyant que c'était Barrad. Elle ravala son cri horrifié: ce n'était qu'un homme, un soldat blessé qui s'était relevé. Le soldat s'approcha d'elle en boitant. La pointe de son épée traînait sur le plancher — *clic... clic...* — comme si le soldat n'avait même plus la force de la soulever. Ce n'est qu'à ce moment que Melsi reconnut le soldat. C'était Ferodelis, le chef des armées.

— Princesse... grogna Ferodelis. Ne partez pas, attendez...

Le soldat s'approcha lentement de Melsi. Il s'arrêta tout près d'elle, reprenant son souffle, la main sur la poitrine. Melsi ne se sentait pas du tout à l'aise, mais elle n'osait pas désobéir à un des principaux conseillers de son père. Avec une grimace de douleur, Ferodelis souleva son épée, à bout de bras, à croire qu'il voulait l'abattre sur la petite princesse en face de lui.

— Que faites-vous? demanda Melsi d'une toute petite voix.

Ferodelis la regarda un long moment, ses yeux verts exorbités, ses cheveux blonds hirsutes et rouges de sang... L'épée baissa, lentement, oscilla maladroitement, puis tomba aux pieds de Melsi. Ferodelis lui-même s'écroula au sol. Il resta prostré sur lui-même, sanglotant.

— Quel gâchis... Quel gâchis...

Effrayée, Melsi dévala l'escalier en courant.

* * *

Le combat entre les hommes de Carazo et les hommes de Vernon avait provisoirement cessé. Vernon et ses hommes gardaient bien l'étroite porte et empêchaient quiconque d'entrer. Par contre, ils étaient prisonniers. Cette situation ne durerait pas : Carazo avait envoyé deux de ses hommes quérir des arcs. Il y avait sans doute d'autres moyens de les déloger de là, mais Nestorien n'avait pas le courage d'imaginer tout ce qui pouvait se retourner contre eux. La situation actuelle était bien assez critique.

Soudain, un bruit sourd vint couvrir les insultes dont les abreuvaient les soldats de Carazo. Ils entendirent ensuite un cri râpeux, profond, glaçant. Cette fois-ci, tout le monde se tut. D'autres bruits sourds, d'autres cris. Carazo et ses hommes s'entreregardèrent, incertains.

— C'est Barrad ! cria un des soldats.

— Il n'est plus dans l'aile royale !

Carazo lui-même ne savait plus trop quelle décision prendre. Si l'ogre n'était plus dans l'aile royale, que devait-il maintenant faire de la sylvanelle? Où était Ferodelis?

Un choc terrible fit sursauter tout le monde, suivi d'un cri plus terrible encore. Ce n'était plus un cri assourdi qui parvenait des étages supérieurs, c'était un cri qui retentissait sur l'étage même, un cri venu d'un des corridors :

— Raaah ! Je sais que tu es ici !

De l'angle où il se trouvait, Nestorien n'arrivait pas à voir ce qu'il y avait au fond du corridor, mais la réaction de Carazo et de ses soldats en disait long. Les soldats reculèrent, sourds aux vociférations de Carazo.

Le cri retentit à nouveau, tout près. Une main énorme jaillit de l'étroit corridor et s'agrippa au cadre de l'ouverture. Fafaro, qui n'avait jamais vu Barrad, cria d'horreur. Une deuxième main s'agrippa au cadre, puis l'énorme visage de Barrad apparut, grimaçant et couvert d'éraflures. Malgré l'étroitesse des escaliers et des corridors, le géant avait réussi à ramper jusqu'à l'ancien donjon!

Barrad cessa de hurler. Indifférent à Carazo et ses hommes, il darda un regard brûlant en direction de Nestorien. Il voulut avancer, mais le cadre de l'ouverture était trop étroit pour ses larges épaules. Il resta là, gesticulant, battant des bras.

— Elle est là! hurlait-il d'une voix presque incompréhensible. Je n'en peux plus, il me la faut!

Serrant les dents, Barrad s'arc-bouta contre le cadre de la porte. Il poussa. Son long nez s'empourpra, ses yeux devinrent fixes. Il poussa encore plus. Les murs craquèrent, de la poussière tomba d'entre les blocs de pierre. Il hurla. Un pan de mur plus large qu'un homme s'effondra en soulevant un nuage de poussière. Dans la pénombre poussiéreuse, Nestorien devina plus qu'il ne vit l'affrontement entre Barrad et les hommes de Carazo. Ce fut très bref, car les soldats avaient commencé à fuir dès que le mur s'était fissuré.

Nestorien empoigna Fafaro d'une main et Diarmuid de l'autre.

— Tous au fond de la pièce!

Juste à temps! La lourde main de Barrad émergea de la poussière avec la force d'un bélier. Son visage déformé par la rage et la convoitise s'encadra dans la porte, mais celle-ci était encore plus étroite que l'ouverture du corridor. Son bras balaya la pièce. Vernon et un soldat plantèrent leurs épées dans la main et l'avant-bras noueux. Leurs épées leur furent arrachées des mains et Vernon alla percuter le mur, à demi assommé.

Barrad cessa de gronder et parut se calmer un peu. Avec la main, il essuya son visage couvert de sueur, de poussière et de gravats. Il pointa un doigt tremblant vers Diarmuid, un regard presque implorant sur le visage.

— Donnez-la moi. Je vous laisserai tous partir, mais donnez-la moi. S'il vous plaît...

Nestorien regarda Diarmuid. La sylvanelle s'était accroupie au sol, le visage caché dans ses mains. Le regard de Nestorien croisa celui de Fafaro et y lut la même détermination.

— Tu nous écœures cracha Nestorien. Va-t'en!

— Non! Je la veux! Il me la faut!

— Jamais!

Le regard du géant devint fou. Il essaya de s'arc-bouter contre l'étroit cadre de l'ouverture, mais le mur était ici beaucoup plus épais. Les pierres craquaient mais ne bougeaient pas. Barrad gesticulait, forçait contre l'ouverture à s'en arracher la peau des épaules. Il criait et lançait des insultes abominables. Horrifiés, Nestorien et ses compagnons ne pouvaient que se serrer au fond de la pièce, hors de portée de la main meurtrière qui battait l'air en tous sens.

De l'autre côté de l'ouverture, par-delà Barrad, un ordre haut et clair traversa le tumulte.

— Barrad ! *Arrête !*

Le géant s'arrêta aussitôt de gesticuler. Nestorien faillit pousser un cri de joie : c'était la voix de Sirokin !

Un autre ordre retentit, aussi sec que le premier :

— Écarte-toi !

Barrad se décoinça de la porte, regardant derrière lui. Sirokin se tenait debout au milieu du donjon, le regard sombre dans un visage poussiéreux. Barrad reprit son souffle, menaçant.

— Tu veux donc mourir, conseiller?

— Épargne-moi tes menaces et écarte-toi, répondit Sirokin sur un ton immensément las. Je vais te donner ce que tu veux.

Sirokin s'avança d'un pas lent. Il passa sous le nez de Barrad, sans même s'occuper de lui, et marcha jusqu'à Nestorien, Fafaro et Diarmuid.

Nestorien n'en croyait pas ses yeux.

— Maître ! Que faites-vous ici?

Sirokin regarda à peine son serviteur. Il s'approcha de Diarmuid et s'accroupit en face d'elle. Il sortit de ses vêtements son poignard, et une coupe d'or marquée du sceau de Contremont. Il posa la main sur le bras de Diarmuid.

— Donne-moi ta main.

La sylvanelle ne bougea pas. Elle restait prostrée, le visage dans les mains, refusant de reconnaître l'horrible réalité qui l'entourait.

— Fafaro, étends-lui le bras, ordonna Sirokin.

Fafaro obéit. Diarmuid ne résista pas, elle se contenta de garder les yeux fermés. Sirokin plaça la coupe d'or sous le fin poignet blanc, approcha le poignard. La lame coupa profond. La sylvanelle poussa à peine un cri. Un filet de sang rouge clair jaillit dans la coupe.

— Maître! Que faites-vous? cria Nestorien.

Sirokin lui lança un regard si terrible que le garçon se tut aussitôt. Un silence lourd régnait autour de Sirokin. Barrad était de nouveau tendu vers la sylvanelle, suant et tremblant.

Le filet de sang ralentit et se coagula. La coupe n'était qu'au tiers pleine. Sirokin montra la coupe à Barrad.

— Ce n'est pas assez! éclata le géant. Il m'en faut plus, beaucoup plus!

Sirokin se retourna vers la sylvanelle et donna un ordre à Fafaro.

— Maître! Non!

— Nestorien! siffla Sirokin entre ses dents. Ne te mêle pas de ça!

Nestorien, vaincu, s'écarta. Fafaro souleva l'autre bras de la sylvanelle et Sirokin approcha la lame. Diarmuid cria à nouveau, un peu plus fort cette fois. Au bout d'un long silence, Sirokin se releva, la coupe de sang presque pleine dans ses mains.

— Pansez-lui ses blessures. Elle survivra.

Sirokin se tourna vers Barrad. Le géant tendait désespérément le bras, soufflant comme un animal blessé.

— Laisse-moi te le donner, dit Sirokin. Tu trembles trop. Tu risques de le renverser.

Barrad, soudain étrangement calme, accepta.

— Oui. Mais dépêche-toi, je n'en peux plus.

Barrad ouvrit la bouche. Avec précaution, Sirokin lui fit boire le contenu. Avec un spasme d'extase, le géant avala. Il resta immobile un long moment, son visage subitement serein, comme éclairé d'une lumière intérieure. Soudain Barrad sembla s'affaisser, sa tête dodelina à droite, à gauche, heurtant le mur. Il se retira de l'étroite ouverture et voulut s'asseoir; sa tête frappa le plafond bas et il se laissa retomber. Recroquevillé sur lui-même, il émit un étrange et long gémissement, peut-être une prière, ou un appel en une langue inconnue. Ses poings retombèrent, se détendirent. Sa tête frappa le plancher avec un bruit mat. Et il ne bougea plus.

La démarche incertaine, Sirokin s'approcha du géant terrassé. Comme dans un rêve, Nestorien le suivit. Il contempla longtemps le visage disgracieux, et pourtant serein.

— Il... Il le savait? demanda Nestorien d'une voix blanche.

— Bien sûr, répondit Sirokin. C'était la seule chose qui pouvait le tuer.

— Et vous?... Depuis quand le saviez-vous?

— Depuis ma conversation avec Aratio, le capitaine de Priscantines... Mais il n'avait que quelques légendes à m'offrir, je n'étais sûr de rien...

Le roi Japier apparut, entouré de soldats. Nestorien faillit s'évanouir de soulagement: dans les bras du roi se blottissait la princesse Melsi. En apercevant Barrad, Melsi poussa un cri. Elle sauta des bras de son père et courut vers le corps inanimé du géant.

— Barrad! Non! Pourquoi l'avez-vous tué?

Melsi tomba à genoux face à l'énorme visage immobile. Les larmes tracèrent deux lignes propres sur ses joues maculées de poussière.

— Pourquoi? Pourquoi l'avez-vous tué? Ce n'était pas nécessaire. Il n'était pas méchant, il était seulement malheureux.

Sirokin posa une main douce sur la tête de la princesse.

— Nous ne l'avons pas tué, pauvre princesse. C'est lui qui s'est donné la mort. Avec le seul poison capable de tuer un agg: le sang d'un sylvaneau.

— Mais pourquoi? Pourquoi?

Sirokin s'agenouilla face à Melsi.

— Ne pleurez pas, princesse. Barrad était un agg, un des derniers membres de l'ancienne race des géants. Il appartenait à une autre époque, une époque où la terre était plus jeune, une époque où aggs et sylvaneaux connaissaient encore la puissante magie des temps primordiaux. Ce monde a disparu, la terre appartient maintenant aux humains, pour le meilleur ou pour le pire. L'immortalité de Barrad, jadis un don des dieux, était au fil des siècles devenue une cruelle malédiction. Ne pleurez pas pour lui; au contraire, il n'aspirait qu'à disparaître.

Fafaro s'était approchée, soutenant la sylvanelle affaiblie.

— Et Diarmuid?

Nestorien s'empressa d'aider Fafaro à soutenir la blessée. Diarmuid se laissa aller contre lui. Le poids surprit Nestorien: il comprit qu'il soutenait presque autant Fafaro que la sylvanelle.

— Et Diarmuid? répéta Nestorien. Qu'allons-nous faire d'elle?

— Que pouvons-nous faire?, dit Sirokin avec un faible sourire. Elle vient de naître. Sa vie est devant elle, il faut la laisser vivre et prier pour le mieux. Comme pour toi, Nestorien. Comme pour nous tous. (Il posa la main sur le front de Barrad.) Pour lui c'est différent: il a accompli sa destinée.

13
Les jugements de Japier

La première décision importante du roi Japier, aussitôt qu'il eut réintégré son château, fut d'ordonner la tenue d'une session de la cour royale. Entouré de ses notaires et de ses conseillers, le roi Japier apparut, vêtu d'un sévère justaucorps. À sa droite, tout en noir, Sirokin s'assit, impassible.

Devant la cour assemblée parut d'abord Ferodelis, pâle et amaigri, son front encore ceint d'un bandage. Japier parla sur un ton parfaitement neutre, presque indifférent.

— N'est-ce pas ironique, Ferodelis? Tes souhaits se sont réalisés: Contremont est maintenant débarrassé de Barrad. À l'avenir, nous aurons un cimetière, comme dans les autres royaumes. Il est cependant dommage que par ta faute nous ayons à inaugurer ce cimetière d'autant de morts. Barrad a tué onze soldats, dont ton lieutenant Carazo. Ton fils, comme il se considérait lui-même.

Ferodelis hocha doucement la tête. On avait retrouvé Carazo mort aux pieds de Barrad, le cou et le dos cassés.

— Il sera le premier mis en terre, continua Japier. Le second sera Barrad. Et les autres soldats. Tu mériterais de les accompagner, mais il y a eu assez de morts. Voici ma sentence : tu n'es plus le chef de mes armées, tu n'es plus un soldat, tu n'es même plus un de mes sujets. Tu es dépossédé de tous tes biens. Tu seras mené à la frontière de ton choix, avec ordre de ne plus jamais revenir à Contremont. As-tu des commentaires?

Ferodelis hocha négativement la tête. Japier fit un signe. On escorta Ferodelis hors de la cour.

Trois personnes prirent place en face de Japier : Nestorien, Fafaro, et Vernon. Japier sourit.

— Heureusement, le rôle de cette cour n'est pas toujours aussi déplaisant. Le capitaine Matolch, dès qu'il sera revenu de Priscantines, sera nommé chef de mes armées. Et toi, Vernon, tu seras son lieutenant. Vous vous partagerez les possessions de Ferodelis et de Carazo, récompense qui m'apparaît à la fois juste et commode.

Vernon recula. Ce fut au tour de Nestorien et Fafaro de s'avancer. Le sourire de Japier se nuança de tendresse paternelle.

— Mes jeunes amis, Sirokin n'a pas ménagé les compliments à votre égard. Nestorien, tu as fait preuve de courage, de persévérance, de loyauté et — si j'en crois Sirokin — d'une dose salutaire d'esprit critique. Tu resteras donc avec Sirokin, mais comme assistant et non comme serviteur. Conseiller Nestorien, à l'avenir, tu auras ta place à ma table quand une décision importante l'exigera. (Japier se tourna ensuite vers Fafaro, les sourcils froncés.) Quand à toi, chère demoiselle, je dois t'avouer que tu me poses un problème. Les circonstances et les coutumes de ton peuple ont fait de toi la fille de Nestorien. Or non seulement le pauvre garçon n'est pas marié, mais il est même un peu plus jeune que toi ! Cette situation est non seulement inappropriée mais elle choque mon sens esthétique. Par mon autorité de roi, je te libère de ton engagement envers Nestorien. Tu es libre, libre et bienvenue à Contremont.

À la surprise des membres de la cour, deux larmes roulèrent sur les joues de Fafaro.

— J'ai donc perdu mon père pour la seconde fois...

Nestorien serra Fafaro contre lui.

— Tu n'as rien perdu. Je suis toujours là. Pas comme ton père, ce dont j'étais incapable, mais comme ton ami...

Fafaro approuva doucement, souriant à travers ses larmes.

Les trois compagnons reculèrent au fond de la pièce. Une porte s'ouvrit pour la dernière personne à comparaître. Melsi entra, tenant Diarmuid par la main. Tous les membres de la cour retinrent leur souffle. Coiffée et vêtue d'une robe du même vert clair que ses yeux, Diarmuid était d'une beauté radieuse, lumineuse. Trop belle, ne pouvait jamais s'empêcher de conclure Nestorien. Ça en était un peu douloureux, comme si on regrettait d'être un humain, fruste et gauche, à ses côtés.

À pas mesurés, Melsi amena Diarmuid devant

le roi. S'adressant à elle gravement et avec émotion, Japier lui dit :

— Diarmuid. Je n'ai autorité que sur les humains, pas sur les membres de ta race. Tu es libre de partir ou de rester. Si tu pars, mes plus valeureux soldats n'hésiteront pas à t'accompagner, jusqu'au nord de la mer Géante s'il le faut. Si tu restes, tu siégeras à mon côté et tu seras traitée comme ma fille. C'est à toi de choisir.

Diarmuid fronça doucement les sourcils. Choisir, quel concept étrange... On avait malgré tout l'impression qu'avec les jours qui passaient Diarmuid réagissait de plus en plus, qu'elle s'humanisait petit à petit. Elle regarda Melsi. La princesse lui sourit. La sylvanelle sourit à son tour. Plusieurs jours auparavant, dans les tréfonds d'une forêt glaciale et humide au nord des monts Fructice, alors que Nestorien contemplait Diarmuid au-dessus d'un feu de camp, il avait supposé qu'un sourire sur ce visage suffirait à lui voler son cœur. Il avait raison.

— Je crois que je vais rester, dit doucement Diarmuid.

Riant de joie, Melsi la serra contre elle. Avec des gestes encore maladroits, Diarmuid la serra également.

FIN

Table des matières

Collection

Jeunesse — pop

JUSTICIERS MALGRÉ EUX, Denis Boucher
L'INCONNUE DES LAURENTIDES, Monique Sabella
LES INSURGÉS DE VÉGA, Jean-Pierre Charland
BLAKE SE FAIT LA MAIN, Claire Paquette
PIONNIERS DE LA BAIE JAMES, Denis Boucher
LE PIÈGE À BATEAUX, Louis Sutal
L'HÉRITAGE DE BHOR, Jean-Pierre Charland
RAMOK TRAHI, Denis Boucher
DIANE DU GASCOGNE, Sylvestre Zinnato
PIÈGE SUR MESURE, Marie Plante
UNE... DEUX... TROIS PRISES. T'ES MORT, Jean Benoit
LE TOURNOI, Jean Benoit
LA ROULOTTE AUX TRÈFLES, Joseph Lafrenière
POURSUITE SUR LA PETITE-NATION, Claude Lamarche
ÉNIGME EN GRIS ET NOIR, Huguette Landry
LE TABACINIUM, Gaston Otis
LE BIBLIOTRAIN, Joseph Lafrenière
INNOCARBURE À L'ENJEU, Marie Plante
L'ÎILE, Pauline Coulombe
CHANTALE, Joseph Lafrenière
LA BARRIÈRE DU TEMPS, Marie Plante
VIA MIRABEL, Gaston Otis
ORGANISATION ARGUS, Daniel Sernine
LE FILS DU PRÉSIDENT, Alain Bonenfant
LE TRÉSOR DU SCORPION, Daniel Sernine
GLAUSGAB, CRÉATEUR DU MONDE, Louis Landry
GLAUSGAB, LE PROTECTEUR, Louis Landry
KANUTEN, VENT D'EST, Yves Thériault
L'ÉPÉE ARPAHAL, Daniel Sernine
LE FILS DU SORCIER, Henri Lamoureux
LA CITÉ INCONNUE, Daniel Sernine
ARGUS INTERVIENT, Daniel Sernine
HOCKEYEURS CYBERNÉTIQUES, Denis Côté

L'ARBRE AUX TREMBLEMENTS ROSES, Danièle Simpson
TEMPS PERDU, Charles Montpetit
L'INVISIBLE PUISSANCE, Denis Côté
LES ENVOÛTEMENTS, Daniel Sernine
DE L'AUTRE CÔTÉ DE L'AVENIR, Johanne Massé
LA PISTE DE L'ENCRE, Diane Turcotte
LA PÉNOMBRE JAUNE, Denis Côté
L'ÉTRANGER SOUS LA VILLE, Esther Rochon
MÉTRO CAVERNE, Paul de Grosbois
CONTRE LE TEMPS, Johanne Massé
LE RENDEZ-VOUS DU DÉSERT, Francine Pelletier
LE DOUBLE DANS LA NEIGE, Diane Turcotte
LE MYSTÈRE DE LA RUE DULUTH, Paul de Grosbois
LA MÉMOIRE DES HOMMES, Jean-Michel Lienhardt
ARGUS: MISSION MILLE, Daniel Sernine
MORT SUR LE REDAN, Francine Pelletier
TEMPS MORT, Charles Montpetit
LE CRIME DE L'ENCHANTERESSE, Francine Pelletier
LA NEF DANS LES NUAGES, Daniel Sernine
L'HÉRITAGE DE QADER, Philippe Gauthier
LE PASSÉ EN PÉRIL, Johanne Massé
MONSIEUR BIZARRE, Francine Pelletier
LA MER AU FOND DU MONDE, Joël Champetier
QUATRE DESTINS, Daniel Sernine
LA REQUÊTE DE BARRAD, Joël Champetier
DES VACANCES BIZARRES, Francine Pelletier
LE CHÂTEAU DE FER, Philippe Gauthier
LA PRISONNIÈRE BARRAD, Joël Champetier
LES RÊVES D'ARGUS, Daniel Sernine